GAEA

Gaea

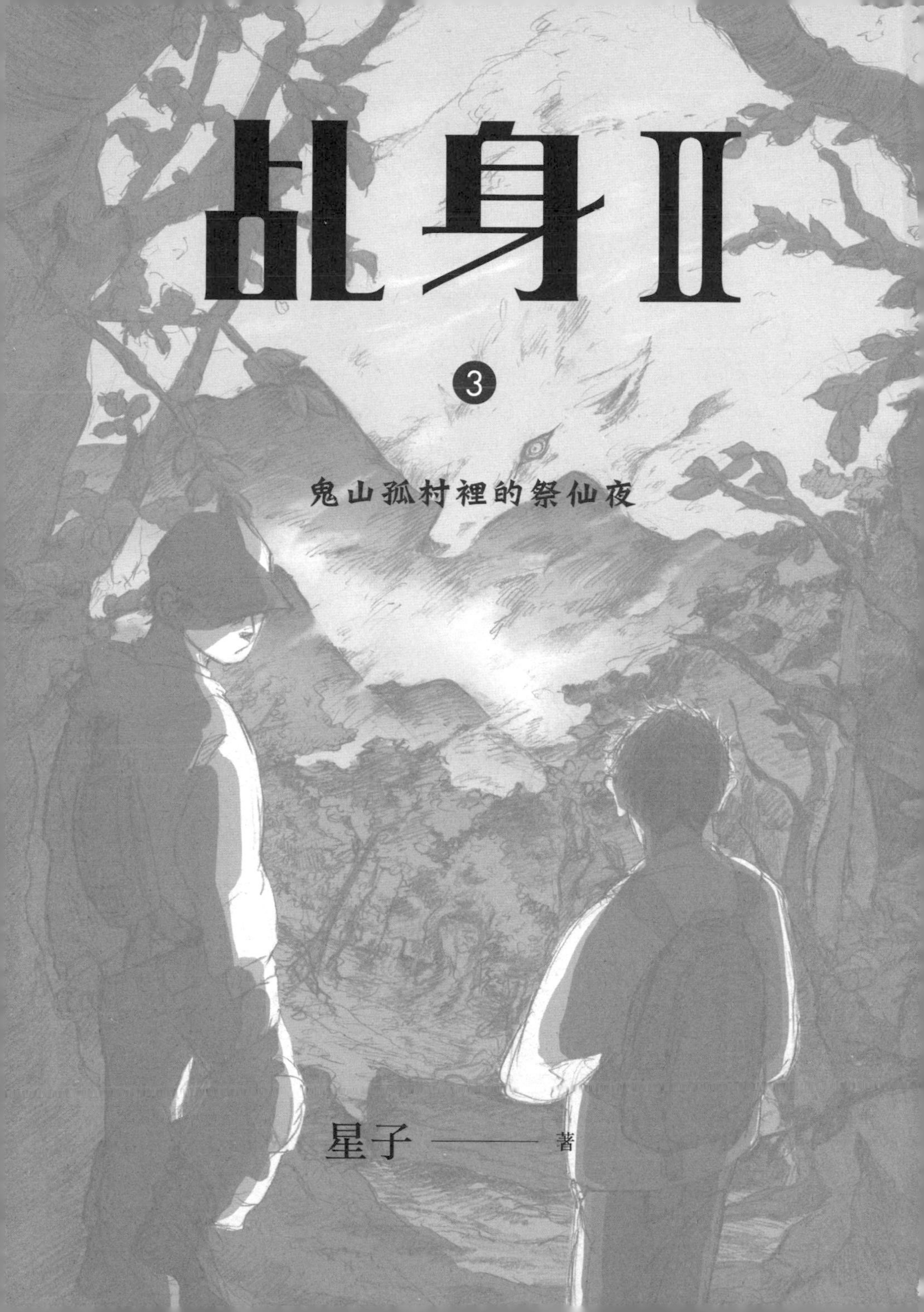

乩身II

3

鬼山孤村裡的祭仙夜

星子——著

乩身 II

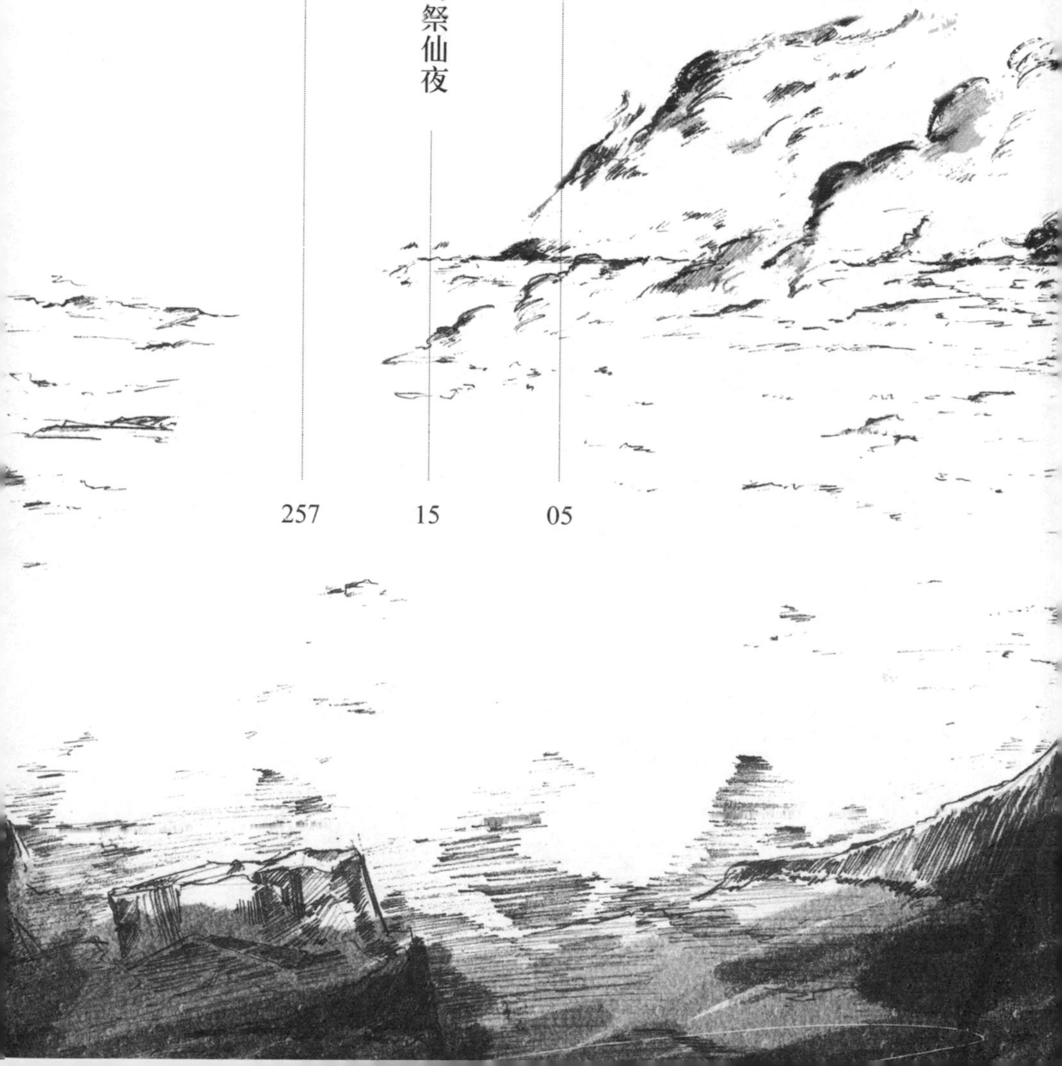

楔子

這夜月黑風高，細雨飄飄。

男人右手抱著四歲女兒、左手牽著六歲兒子，氣喘吁吁地循著漆黑山路往下走。女兒緊緊摟著男人頸子，不時低聲問：「媽媽呢？」

「媽媽已經先回家了，正在家裡等我們呢，爸爸現在帶你們回去找媽媽……」男人這麼回答。

兒子拿著一支小手電筒，按照男人指示挪動手電筒照映腳下山路。

倘若走西側的草山路，到達山腳下的風林鄉中心地帶，大約只要三十分鐘。草山路也是這位於半山腰上的仙村，唯一通往山下的正式道路。

但草山路上有幾處小亭，平時不分晝夜，都有仙村的糾察隊員巡邏站崗，要避開那些人的耳目走下山，幾乎是不可能的事情。

因此男人選擇花費數倍時間，走另一條隱密小徑，打算先將孩子帶下山報警求救，再想辦法回來將妻子帶離仙村——是的，男人的妻子仍在仙村裡，他對孩子說媽媽先回家了，是為了避免孩子害怕而吵鬧，引起糾察隊員注意。

與三十分鐘前相比，手電筒的電力減弱許多，眼前山路昏暗模糊，但通往山下的蜿蜒小路似乎永無止盡。

男人十分後悔自己兩週前為什麼不直接帶孩子們上大醫院就醫，而是被妻子和逵伯說服，帶孩子上山去仙村求助八寶仙姑——那時他明明已經感到不對勁了，他覺得逵伯整個人從頭到腳，外加從嘴裡說出來的話，都可疑到了極點，但當時妻子對逵伯言聽計從，反而怪他多疑，他不想繼續和妻子爭辯，便答應陪妻子帶孩子上山看看，不管用的話，再下山也不遲。

然而當時他不知道的是，上山一點也不難，開車去仙村花不了幾分鐘，但想離開仙村，卻難如登天。

男人一家被安排入住仙村內一棟低矮公寓裡，那排公寓名義上是民宿，其實更像是廟宇附設的香客大樓，供外地人入村參拜時過夜。

當晚，八寶仙姑接見了男人一家，稱他家兩個孩子帶著天命，命中註定仙緣與邪緣糾纏不清，這些天之所以夜夜夢遊哭嚎、像是電影裡鬼上身那樣嚇人，正是因為身中邪緣引來四方惡鬼糾纏。

八寶仙姑稱她能替兩個孩子斬斷邪緣，但需要花費七七四十九天時間，這段時間，男人一家可以免費暫住民宿公寓裡。

男人說四十九天未免太久了，他是來風林鄉工作的。他是名建築師，接受委託替一名事業有成的商人在風林鄉蓋間養老別墅，他趁著孩子暑假，帶著全家來風林鄉待上幾天，瞧瞧建案周遭建築設施、鄰近生活機能，以求替業主打造出完美退休別墅。因此他沒辦法在這半山腰的小村子裡待上四十九天，且一個月後就要開學，兩個孩子還得回學校上學。

仙姑說四十九天只是預測，實際上用不了那麼多天，快的話，說不定十天半個月，甚至一個禮拜就能完事。

妻子說她願意留在仙村裡照顧孩子，男人自己專心工作就行了，反正他本來就是來工作的，嘴巴說帶全家度假，根本只是敷衍，這小小的風林鄉連間像樣的餐廳都沒有，更別說什麼觀光景點，反而是這半山腰上的仙村，還能看看風景。

男人無話可說，只好陪妻兒在民宿公寓裡過了一夜，翌日獨自開車下山工作，每天傍晚才上山探望妻兒。

起初兩晚，他見兩個孩子晚上不吵不鬧，一覺到天明時，本來有些驚喜，隱隱覺得那仙姑似乎真有點本事，但又過兩天，妻子開始嘗試說服他賣掉房子，搬入仙村定居時，他又開始覺得事情沒想像中那麼簡單了。

那時妻子的眼神令他感到陌生又害怕，她說自己也帶著天命，若能留在仙村服侍八寶仙姑，百年之後，便能與仙姑一同升天成仙——仙村實際上並不是正式的行政區，而是村民自己取的名字，數年前，整片仙村甚至只是一片荒地。

如今山上數百名仙村村民，全都是近幾年裡從風林鄉和外縣市遷入，他們對外自稱「仙村村民」，對內互稱兄弟姊妹，過著猶如大家庭般的群體生活。

他們的終極目標，就是追隨村內的大家長八寶仙姑誠心修道，直到一齊登天成仙的那天。

男人沉默半晌，笑著說好，但既然要定居，那麼至少得回家認真整理打包，帶來足夠全家長住的衣物和所需物品。

妻子見男人答應她的要求，喜出望外，本來要將這消息稟告仙姑，但幾個仙村姊妹立時簇擁上來，說人多好辦事，仙村兄弟姊妹們非常樂意幫忙一同到府整理打包。

男人說不用了，他想自己打包。

仙村姊妹說兩個孩子的邪緣還沒斬乾淨，這工作可不能中斷，要是中斷了，邪緣會反撲十倍。

男人說不要緊，因為他同事昨天介紹了一位師兄給他，是太上老君首席大弟子，也會斬邪緣，且已經替他全家作法加持，離開仙村也不會有事。

男人不給仙村姊妹插口機會，立刻回房整理衣物，準備帶全家離開這裡。

但他剛整理好行李，準備離去時，卻發現房外已經站著七、八個壯碩大漢。帶頭那位仙村姊妹笑吟吟地稱男人可能在外沾染上不乾淨的氣息，需要緊急處置，男人正想問她要怎麼處置自己，就被一票壯碩大漢推回房裡、按在地上、掐開嘴巴，強灌下一整瓶古怪藥湯後，感到天旋地轉，然後便不醒人事。

男人醒來時，發現自己躺在一間不到兩坪大，猶如囚室般的陰暗小房裡。

他望著囚室小門，本想嘗試逃離這個地方，但他很快發現，自己手腳使不上力，連撐坐起身都極其艱難，甚至張口都難以呼喊出聲。

他很快想起自己失去意識之前，被灌下肚的那瓶藥湯。

他在小囚室裡躺了許久，不時能聽見外頭各種聲響和幾個仙村村民間的對話，讓他稍微能夠明白自己當前處境——

這個地方，其實就是民宿地下室，裡頭有十來間小囚室，關著不只他一人。

那些人和他一樣，都是不肯繼續留在仙村的投宿者，他們會被強灌藥湯後關進地下囚室；而他們喝下的藥湯，不但會令人昏迷一整天，且似乎具有蠱惑人心的效力。

仙村村民每天會進入囚室裡餵他們藥湯、洗腦傳道，最終讓他們真心誠意加入這個大家庭，將其他仙村兄弟姊妹們視為家人、將八寶仙姑奉若神明膜拜。

這整段囚禁、餵藥、洗腦的過程，差不多會持續五至八天，就能將一個想要離開的投宿者，轉變為忠誠的仙姑家人。

然而那藥湯對每個人的效力不一，男人的體質不太容易受藥湯影響，因此在距離下一次「喝藥」還有大半天時，就已經恢復神智。他覺得自己最好不要輕舉妄動，因此也沒吵鬧，默默地靜觀其變。

他熬過了艱難的一夜，在清晨時分，聽見仙村村民依序進入每間囚室，對其他「囚犯」餵藥、向他們傳道的聲音。

他閉上眼睛默默等待，從隔鄰幾間小囚牢裡響起的對話，判斷自己接下來如何應對。

終於輪到他這間房。

仙村村民開門進來，將他從地板架起，押著他盤坐在地，掐開他嘴巴，灌他喝下一碗藥湯，然後聽一位像是導師的仙村村民，花了十來分鐘，講述八寶仙姑的偉大、講述大家庭的美好目標、講述兄弟姊妹們得道升天後的幸福美滿。

他也照著先前隔鄰囚室的對話聲，依樣畫葫蘆地點頭稱是——事實上他沒有勉強自己演戲，因為他被灌入藥湯之後，意識當真變得朦朧迷糊，像是墜入夢鄉一般，夢裡的仙村兄弟姊妹們，看起來都面貌和善，當真像是多年親戚般。

但他和其他囚室裡的成員不同之處，在於藥湯對他的效力僅能維持數小時，而非一整天，每當他清醒之後，立刻就能分辨出美夢和現實的差異。

他依舊不動聲色，直到不知是第七天還是第八天，他被帶離囚室，回到原本投宿的民宿房間裡，帶領他的那位仙村兄弟，要他這兩天先照顧自己的兩名孩子，之後再正式分配職位給他。

至於他的妻子，數天前被分配進「食堂組」，食堂組負責整個仙村大家庭成員們的三餐，食堂廚房距離這間民宿有一小段距離。

仙村兄弟說，男人是建築師，有極高機率會被分配進「工程組」，說不定還能參與接下來的「仙宮」擴建工程，只要他表現良好，要獲得與妻子同住的權限應該不難。

兩天後，男人果真被分配進入「工程組」，負責仙村幾處山道小亭修繕工程，他花了一週時間考察各處小亭位置、詢問駐守小亭的糾察隊兄弟們的平時感想和需求，表面上是為了後續小亭修繕、新增設施之用，實際上卻是在打探守衛整條山道上的糾察隊員們的換班時間、沿途人力分配等等細節。

他很快明白，要走草山路逃亡下山，幾乎是不可能的任務。

接著他很快得知附近還有一條能夠下山的小徑——因為他被指派的工作之一，是在那條小徑上，也修築幾處守衛小亭。

這些天裡，他和妻子見過幾次面，明白妻子被洗腦的程度遠超過他太多，他知道無法說服妻子一起逃離這個地方，如今之計，就是先將兩個孩子帶下山，找媒體披露仙村內怪誕諸事，再進一步救出他的妻子。

今晚，他終於付諸行動，入夜之後喚醒兩個孩子，說準備帶他們回家。

兩個孩子一個四歲、一個六歲，並未喝藥，心智一直保持正常，小女兒平時傻乎乎的，一點也不知道發生什麼事，大兒子倒是機靈，儘管感到媽媽有些古怪，但平時也不吵鬧，直到今晚爸爸說要帶他回家，立刻乖巧配合，拿著手電筒聽爸爸喊照哪兒，他就往哪兒照去——

然後，兒子那手電筒的光線，照在前方一個男人臉上。

前方地勢較為平坦，佇著還不只一個男人，而是五個男人。

全是仙村糾察隊員。

原來小徑上的守衛小亭雖未建成，但從幾天前開始，糾察隊已經派人駐守在小徑上了——男人事前調查時，並未打探到這件事。

男人擠出笑容試圖辯解自己半夜睡不著覺，帶孩子出來——他抬起頭，望著飄著細雨的漆黑夜空，無論如何也不能說「是帶孩子出來看星星、月亮」了。

他說他出來散散步，順便考察一下夜裡山路狀況，以求設計出更實用的守衛小亭。

儘管男人這麼說，還搬出一堆建築術語，但聽起來依舊太牽強了——他和兒子女兒全身都淋濕了，兒子還因為跌了一跤的緣故，褲子上沾著大片泥巴。

半夜帶著年幼子女冒雨在爛泥山路上「考察」，未免也敬業過頭了。說是趁夜逃走，更合理些。

「這樣喔，那辛苦你囉……」帶頭一個身材壯碩的糾察隊員，提著一根木棒面無表情地來到男人面前，冷冷說：「今天太晚了，回去休息吧，別讓孩子著涼了……剛好我們這裡有三個人準備換班，順便送你們回去吧。」

「好……」男人瞥了那糾察隊員手上的木棒一眼，無奈點頭，轉身隨著三名換班糾察隊員上山。

「爸爸……」小女兒摟著男人頸子，不解地問：「我們不是要回……」

「對了！」男人立刻大聲打斷小女兒說話，問著身後三個糾察隊員對於守衛小亭的某些需求。

三個糾察隊員扛著木棒，冷冷盯著男人，像是盯著賊一樣。

雨漸漸大了。

壹

黃昏時分，姜洛熙拖著行李步出風林鄉客運站，來到鄰近一間老旅館挑了間房，一口氣包下一週。

他踏進旅館房間，嗅著老旅館房間裡有股淡淡的霉味，便來到窗邊開窗透氣，望著昏黃天色發愣半晌，覺得餓了，外出到街上找了間燒臘便當店吃晚餐，一面用手機與陌青傳遞訊息。

他吃完晚餐，循著陌青訊息裡的地址繞找半晌，找進一條冷清暗巷，暗巷裡一條更小的死巷，緩緩駛出一輛老舊廂型車。

廂型車駕駛是個戴著碩大眼鏡、臉色慘白的少年，副駕駛座則坐著個七、八歲大的小妹妹。

姜洛熙來到車尾，見車尾門向上揭開，這廂型車內經過特別改裝，駕駛座後方沒有其他座位，是一整塊平坦地板，右側停著一台機車，左側堆放著幾只大收納箱，陌青坐在收納箱上，抱著弦月向姜洛熙打招呼。

鳳仔則從懸在車頂下一只小草窩中飛出，嚷嚷說那小草窩在車子行進時搖搖晃晃，像搖椅一樣舒適又好玩，要姜洛熙回去也替他弄個懸吊窩。

眼鏡少年下了車，來到車尾，從車廂置物架上抽出金屬長板，一端搭上車尾、一端擺在地上，和姜洛熙一齊將塞在車廂裡的機車牽下。

這輛機車是不久之前，姜洛熙過完十八歲生日後購入的新車，想作為之後大學開學後的通勤工具，本來擔心若是執行籤令時使用，要是碰上打打殺殺，擦著、撞著這新機車，未免可惜，但陰間富商小歸要他別擔心，小歸說自己籌備多時的陽世基金會，會負責神明乩身在外出勤時一切必須支出，別說機車維修費，讓他換台新車都不是問題。

除此之外，小歸集團旗下的保全公司還有個特殊部門，專責支援神明乩身在陰陽兩界執行任務，例如此次替姜洛熙載運機車及後續支援。

負責駕車的眼鏡少年叫曹大力，生前擅長攝影和修電腦，死後成天躲在女廁偷窺陽世女人如廁，不時嚇著人，被陽世支援小組裡的頭兒王小明，偕同媽祖婆乩身設計逮捕。他擔心被逮進城隍府審判受刑，答應加入陽世支援小組貢獻所長。

副駕駛座上的小女童叫小琪琪，是太子爺乩身韓杰過往東風市場裡的「老鄰居」，儘管模樣僅有七、八歲大，但機伶能幹，曾貼身保護過韓杰妻子王書語一段時間。

她等機車落地，立時俐落地繞去車廂後方布置，架起折疊桌椅，安放電腦設備，將這廂型車內布置成行動指揮車。

陌青則在角落替弦月布置小窩——姜洛熙那旅館不允許攜帶寵物，因此這段時間弦月和鳳仔都得暫時待在車內，弦月雖然性情穩重，但畢竟正式擔任貓乩時間不長，陌青不捨讓弦月長時間留守車中，因此自願在車裡照料弦月。

「哦。」姜洛熙瞧瞧手機，見倪飛傳了訊息至群組裡，稱自己也已經抵達風林鄉，不過不是陽世，而是陰間，正四處遛達閒晃尋找落腳處。

姜洛熙傳訊問倪飛要不要碰面討論接下來行動，倪飛說不必了，他想先到處晃晃，這兩天找著有用線索再討論也不遲。

姜洛熙收起手機，跨上機車，回頭向陌青道別。「我走了。」

「騎車小心。」陌青提醒。「尤其是新車。」

「嗯。」姜洛熙點點頭，戴上安全帽、發動引擎。「晚點再聊。」

他說完，駛出小巷。

這頭，鳳仔飛回車廂內，曹大力和小琪琪也上了車，車尾門關上，廂型車緩緩駛動，隱沒在漆黑巷弄盡頭——這不起眼的老舊廂型車，可是陰間的先進「冥船」，能夠自由來往陰陽兩界，甚至還能駛入混沌，是小歸砸重金打造的陽世支援小組專用載具之一。

姜洛熙騎著新車在街上繞了老半晌，想要搜尋線索，但一時也不知從何找起，便去便利商店買了點零食，返回旅館。

他洗了個澡，穿著短褲坐在窗邊立起手機，開啟語音和陌青、鳳仔閒聊籤令案情，一面盯著筆記。

這次他接下的這支籤令案件，事件規模龐大，比起年初時四海新城案件有過之而不不及——

從去年底開始，陰間黑市裡開始流通一種以人魂或是活人血肉煉成的「人藥」，這種人藥能夠快速增長陰間鬼靈的道行，就像是武俠小說裡能夠快速增加內力的珍奇藥物般。

地府經過一番追查，發現這人魂煉藥技術與過去類似的陰邪法術師出同源，但由於某些提煉技術有了關鍵突破，生產效率突飛猛進，少量人魂血肉便足夠提煉巨量人藥，因此短短幾個月裡，人藥成為陰間黑市裡繼擬人針、冥船、混沌之後的熱銷產品。

可想而知，以活人血肉魂魄煉製補藥，理所當然地成為陰曹地府和陽世乩身首要追緝目標。

兩個月前，地府破獲一處大型工廠，這間工廠專門生產煉製人藥用的鍋具「燉人鍋」，這燉人鍋厲害之處，在於其操作簡單，只要將人魂、血肉放進主鍋，再將配方藥材一一放進各個配料盒裡，簡單設定時間、溫度，便能熬燉出高品質人藥，完全省略土法煉藥過程中人力攪拌、溫度控制、各種配料添加時機等繁複功夫，等同將煉藥門檻降至最低，陰間隨便一隻孤魂野鬼，都能照著說明書煉製人藥。

陰差們在燉人鍋工廠裡搜出一本帳冊，發現這工廠不但已經售出數以百計的燉人鍋，訂單甚至還排到好幾年後。

這幾個月，地府為了這件案子忙得焦頭爛額，還成立了專案小組，持續追查這批燉人鍋流向。

一個月前，韓杰接得太子爺籤令，取得一份名單，都是近兩年陰間新興勢力裡的主要人物，同時也是這燉人鍋工廠帳冊裡的「大買家」。

而姜洛熙此次籤令目標，正是那燉人鍋工廠帳冊名單之一——「鬼山幫」。

鬼山幫稱不上「大買家」，一共也只訂購七台，目前僅交貨三台，介於中型買家和散戶之間。

在陰間，鬼山幫只是個不起眼的小型幫派，幫主是隻有點道行的老狐狸山魅，行事低調，過去靠著狩獵陽世動物、盜取死人屍首，來煉製劣質補藥獲利，這次一口氣訂了七口燉人鍋，似乎蠢蠢欲動。

陰差持續追查，發現這鬼山幫和陽世一個新興神祕組織「仙村」似有牽連，輾轉回報上天，再由神明發包給陽世乩身前來調查。

這即是姜洛熙、倪飛兩人同日抵達風林鄉的原因——深入調查「仙村」和鬼山幫之間的關係。

「好難想像……媽祖婆說：『情況可能會變得很糟』，究竟會糟到什麼程度喔？」陌青透過視訊鏡頭喃喃自語。

「很糟、很糟！」鳳仔站在陌青肩上，雙翅張揚，搖頭晃腦說：「但也會很有趣、非常有趣！」

「有趣？」陌青不解問：「為什麼？」

「呃……」姜洛熙乾笑兩聲，向陌青進一步詳述數天前那場會議——

那天他收到鳳仔籤令，緊急北上開會，當時他只覺得奇怪，是什麼樣的事情緊急到無法用電話和訊息溝通，需要他直接趕去韓杰家開會。

當時不但倪飛也在，連陳亞衣、林君育、許保強等神明乩身也先後抵達韓杰家。太子爺親自降駕在韓杰身上，講的就是這人藥事件。

然而在那天會議之前，大家早已知道這件事，且韓杰、陳亞衣早已和陰差配合，全力調查這些人藥案件始末。

「我要你們做好心理準備，接下來，情況可能會變得非常有趣，可能比之前更有趣……」那時太子爺是這麼說的，大夥兒聽了一下子反應不過來，韓杰苦笑說：「老闆，你說『有趣』，他們聽不懂。」

太子爺還沒接話，媽祖婆便降駕在陳亞衣身上，笑說：「是啊，太子爺，你覺得這事情有趣，但對咱們這些乩身，和天下蒼生來說，可是相當嚴重的事情啊……」

「哼！」太子爺冷笑說：「我說『有趣』，就是指很『嚴重』的意思，不嚴重的事情，也輪不到我來管！」

大夥兒互相望了望，大概明白太子爺的意思。

「我有問題。」當時許保強望著韓杰，舉手發問：「我記得師父你說過，現在新出現的燉人鍋，可以大幅增加活人煉藥的效率……用同樣的活人材料，煉出來的補藥是以前的幾十倍、一百倍。這樣的話，被抓下陰間煉藥的活人，照理說會比以前還少，不是嗎？」

「當然不是。」韓杰翻了個白眼，說：「過去拿活人獻祭這件事，除了少部分不長眼的瘋子之外，只有魔王才玩得起，但現在隨便哪隻鬼只要弄到個鍋子，再拐個人下陰間，就能燉出一批藥，吃下肚功力就三級跳，你想想會發生什麼事？」

「啊！」許保強恍然大悟，連連點頭。「對耶，這樣底下一堆瘋子都會想賭一把！」

「是啊，師姪。」倪飛瞥了許保強一眼，說：「門檻大幅降低、獲利大幅提高，投入的人當然也大幅增加……這只是其次，嚴重的話，還會造成一波陰間魔王通貨膨脹喔。」

「你說什麼通貨膨脹……等等！」許保強瞪大眼睛望著倪飛。「你叫我師姪？」

「不然呢？」倪飛聳聳肩，指著韓杰說：「韓大哥是我師兄，你叫韓大哥師父，我不就是你師叔嗎？」他說到這裡，指了指姜洛熙。「他比我早入行幾天，也是你師叔，從剛剛到現在，你都沒叫人。」

「叫人？叫你懶趴啦！」許保強惱火說：「你還沒上大學吧，老子大三升大四，應該你要叫我許大哥吧！媽的咧……」他邊說還邊伸手要揪倪飛領子，突然覺得身體僵直無法動彈，伸出去的右手高舉到自己頭頂，捏握成拳，朝著自己腦門重重一敲，喉間響起鬼王鍾馗的喝叱聲。「臭小子！媽祖婆、太子爺降駕開會，你胡鬧什麼？」

「我……」許保強只覺得委屈，想要爭辯，雙唇立時被鬼王操縱左手牢牢捏著，發不出聲。

陳亞衣雙眼發光，身中媽祖婆笑了笑，打圓場說：「你們彼此輩分以後慢慢協調，這次我和太子爺降駕，就是正式提醒你們這件事的嚴重性，尤其是──」她望向倪飛。「你剛剛最後說的那句話。」

「我剛剛最後……」倪飛呆了呆，望向姜洛熙說：「說保強賢姪都不會叫人？」

「不是……」姜洛熙插嘴說：「你說會造成一波魔王通貨膨脹——」他望向韓杰，盯著韓杰那金光閃閃的雙眼。「所以太子爺才說……接下來會很有趣？」

「不，哪裡有趣？」太子爺附在韓杰身上，搖搖頭，像是不想承認剛剛自己說過「有趣」這兩個字。「要是接下來魔王滿天飛，那很嚴重吶，一點也不有趣，要是變成那樣的話，你們會很忙，我也會很忙——」他說到這裡，雙眼金光更盛，一字一句地說：「所以啊，從現在開始，你們要打起十二萬分精神，千萬別讓事情演變至此啊……」

「是……」大夥兒點點頭，知道太子爺脾性，自從第六天魔王敗亡後，這天庭戰神眼下再無對手，此時說起「魔王滿天飛」這幾個字時，兩眼閃耀，像是迫不及待「更忙點」。

「到時候，很可能不只是『很忙』而已啊。」媽祖婆嘆了口氣，苦笑說：「魔王拿活人增加道行，天庭神明可不能那樣做，你們想想，假如底下有個能與摩羅匹敵的傢伙，利用這技術快速增強自身道行，然後興風作浪，我們該怎麼對付他？假如這樣的傢伙有五個、十個，那人間會變得如何？」

大夥兒聽媽祖婆這麼說，都沉默不語，第六天魔王當時幹的事蹟還歷歷在目，倘若這人藥技術，真如倪飛所言令陰間魔王通貨膨脹，煉出一堆堪比第六天魔王的傢伙同時作亂，那人間會變成什麼樣子？

「太糟糕了……」陌青聽姜洛熙解釋太子爺口中的「有趣」二字原由後，搖搖頭。「這樣一點也不有趣……」

「是啊。」姜洛熙笑了笑說：「倪飛雖然沒有直說，但他好像也覺得這樣下去會很有趣。」

「倪飛？為什麼？」

「因為如果之後魔王滿天飛的話。」姜洛熙微笑說：「天庭發放蓮藕身的條件，會變得寬鬆許多吧。」

「是沒錯……」陌青見姜洛熙面帶笑容說這段話，忍不住問：「洛熙你呢？你也覺得這樣有趣嗎？」

「……」姜洛熙想了想，聳聳肩。「世上魔王變多了，對陽世而言很糟糕，這當然不是好事，我也會變得很忙，但『很忙』跟『有沒有趣』……我感受不出來兩者的關聯性……」

「我就知道你會這樣回答。」陌青笑了笑，她很清楚姜洛熙對諸事皆淡然無感的個性的因由，又問：「那你生日那天呢？」

「我生日那天怎樣？」

「我們不是出去玩了一整天嗎？你覺得有趣嗎？」

「算……有趣吧。」

「不用考慮我，如果你覺得不夠有趣，那我會再想其他更有趣的方式，幫你過下一個生日……」陌青笑著說：「或是我的生日、忌日，或是……我們的結婚紀念日。」

「嗯……」姜洛熙閉起眼睛，默默回想之前十八歲生日那天，陌青用了擬人針化為人身，打扮得漂漂亮亮，帶著他出門玩耍一整天。

他們牽著手，踏著海沙漫步，坐在沙灘上看夕陽西下。

那時陌青拉起他的手，對他說，將來交女朋友，記得要用十指交扣的方式牽她，不要用握手的方式牽女生。

他照著做了，問這兩種方式有什麼差別。

陌青想了想，攬著他脖子，在他臉上親了一下，跟著又在他唇上親了一下，說就像是這樣跟這樣的差別。

他問這兩樣又有什麼差別？

陌青安靜三秒，將他腦袋拉來懷間，給了他個深吻。

「這樣呢？有不一樣嗎？」

「好像有……」

「你覺得哪個比較好？」

「我不知道……」

「這樣啊！」當時陌青像是被激起挑戰慾般，笑呵呵地揪著姜洛熙起身，說回家好好實驗一下，究竟有沒有差。

那晚他們實驗了許久。

直到擬人針效力消褪為止。

跟平日相比，那天從早到晚，對姜洛熙而言，似乎真的不太一樣……

姜洛熙睜開眼睛，喃喃望著視訊鏡頭裡的陌青，問：「將來我如果交女朋友了，那妳呢？」

「怎麼突然問這個問題？」

「不知道，我突然想到。」

「嗯……那我也去交個鬼男朋友，跟他結婚，手牽手一起排隊上大輪迴盤。」

「是喔……」

「是啊。」陌青笑著問：「那樣的話，你覺得跟現在比，有差嗎？」

「……」

貳

倪飛披著罩頭斗篷、戴著陰森鬼臉面具、揹著背包、拖著行李箱，在陰間風林鄉巷弄間繞逛半晌，走入一條小岔巷裡，在一間破爛磚造平房外探頭探腦，確認房中無鬼，便推門進屋。

他打算將這間破屋當作這次籤令任務期間的據點之一。

破屋內瀰漫著死寂氣息、牆壁爬滿灰黑黴斑，倪飛也不以為意，穿過客廳，來到廚房，見廚房一端有扇破門，能夠直通後院，另一面牆邊則擺著座大櫃。

他走到那大櫃前，伸手敲了敲大櫃門板，覺得還算結實，拉開櫃門，見裡頭層架上還堆著不少雜物，也無所謂，抬腳踩進低矮層架空曠處——

一片奇異空間從他落腳位置向四周快速張開。

跟著，他整個人走進原本深度不足四十公分的大櫃裡，還將行李箱也拖進了櫃裡；再跟著，他轉過身，拉上櫃門。

此時倪飛身處在一個約莫兩坪大小的立體空間裡，這兒不是陰間、也不是陽世，是他以自身天賦異能造出的混沌空間。

他揭開行李箱，從中取出一盞模樣奇特的小油燈和一盒古怪火柴，他捍著火柴擦出青火，點燃小油燈，小油燈亮起奇異青藍光芒。

他將小油燈托至高處，隨即鬆手，任憑小油燈飄浮在空中。

這是陰間的鬼火燈。

跟著他花了點時間，將行李箱裡一件件紙紮家具取出燒化擺放，在小小二坪大的混沌空間裡，布置起整套桌椅床櫃，再將他幾袋防身道具分門別類擺進櫃子，還在枕頭旁擺上他前幾週新造的大枷鎖木孩兒。

這混沌套房布置妥當，他推門回到陰間破屋廚房，在廚房四周高處，安放幾個能夠監視四周動靜的針孔鏡頭，跟著返回櫃中混沌套房，替手機裝上一支機械臂鏡頭，再將櫃門重新推開一條縫。

櫃門縫外，是陽世。

他將機械臂鏡頭伸過門縫，窺視陽世動靜。

陽世廚房裡頭同樣破爛，這磚造老屋在陽世是無人廢墟，這也是倪飛看上這地方的緣故。

他推門來到陽世破廚房，也安裝幾個針孔鏡頭，佇在櫃前持著手機設定監視畫面半晌，這才滿意地返回混沌套房，準備進行今晚最後一項工作——

替這間混沌套房造間廁所。

這其實是件大工程。

他先在房內推闢出一塊浴廁空間，跟著燒化紙紮馬桶和洗手台、安裝妥當，然後花了老半天，替馬桶和洗手台造出連往陽世的混沌自來水管和污水管線，連接對面民宅水塔和化糞池。

最後，他取出一台混沌儀擺放上桌——建造混沌空間會消耗施術者精力，且長時間維持混沌空間更是另一層負擔。這混沌儀的功用，即是代替施術者維持混沌空間運作。讓倪飛即便外出遠行，這混沌空間依舊能夠長時間維持原狀，直到儀器能量耗盡為止。

混沌儀在陰間價格不斐，過去倪飛存了好久的錢，才買到一台二手貨，此時眼前這台混沌儀，可是小歸集團生產的高級品。

一切布置就緒，他累得躺上紙紮床，肚子咕嚕嚕嗚響，他這才想起自己還沒吃晚餐。

走出陰間破屋，他來到鄰近一處公園，自公廁返回陽世。

儘管這一帶是風林鄉最熱鬧的區域，但此時已經入夜，餐飲店面大都打烊，他找著一家便利商店，買了食物飲料，在公園找了個角落默默吃著，一面吃、一面盯著公園外那座立體停車場。

那座立體停車場其實才是他心中第一順位的據點位置，是他出發前兩天在網路地圖上看中的心儀目標。

首先是停車場這種地方，不論何時出入，都不會顯得突兀；二來停車場四周有客運站、加油站和公園，一堆公廁出入陰陽兩地丨分方便；更重要的是，停車場內部四通八達，有一堆可以建造混沌空間的設備間和雜物間，即便被鬼怪包抄圍攻，也容易脫身。

最後這風林鄉內大都是低矮建築，這數層樓高的立體停車場頂樓視野極佳，然而直到他搭乘陽世支援小組的廂型車抵達風林鄉時，才發現這座立體停車場，竟是陰間春花幫某堂口的據點。

他只好退而求其次，找上剛剛那陰間破屋，作為接下來的行動基地。

他吃完晚餐，返回陰間破屋基地，擠在小小的浴廁裡簡單洗了個澡，躺在紙紮床上滑手機，向自己所屬的陽世支援小組傳了訊息，說還想多布置兩、三處藏身據點，請對方多準備幾套紙紮家具、混沌儀和鬼火燈。

□

翌日，倪飛醒來的第一件事，是捧著鬼狗小罈，在陰間破屋另個房間的矮櫃內，替鬼狗醜八怪造了個混沌狗屋——他將狗屋造得和自己的套房一樣大，且也接上混沌水路管線，方便後續清潔打掃。

醜八怪是鬼，其實無需進食，但醜八怪愛吃陽世食物，倪飛也樂意餵他，唯一麻煩之處，在於醜八怪吃下陽世食物，會拉出實體糞便，其惡臭程度是尋常狗糞的數倍。

由於有小歸提供的高級混沌儀，倪飛也毫無節制地造了條數百公尺長的混沌通風管線——混沌空間介於陽世和陰間之間，因此倪飛拉管線時也十分隨興，直接將管線沿著地面、民宅牆面牽拉，一路拉出陽世、拉過公園、拉進立體停車場，將醜八怪房間的通風管線，接上陰間立體停車場的通風管道。

最後，倪飛返回鬼狗房間，在通風管線口外裝上一具紙紮抽風扇，揭開鬼狗小罈上的符籙，放醜八怪出來，逗他玩了一會兒，在他小碗裡倒了飼料，還開了個罐頭給他，這才心滿意足地走出醜八怪房間，前往陽世吃了早餐，然後返回陰間，正式開工。

倪飛披上斗篷、戴上鬼臉面具、揹著背包，踩著滑板車來到距離破屋據點一公里處的偏僻空地，空地角落停著一輛不起眼的廂型車。

他來到駕駛座旁，敲敲窗。

車窗降下，王小明坐在副駕駛座上，玩著手機遊戲。

和尚鸚鵡羅漢自窗中飛出，嘰嘰喳喳地斥罵倪飛：「蠢蛋，為什麼你要我待在車上待命，自己獨自行動？」

「因為這次跟四海新城那件案子一樣，太子爺要我們低調行動。」倪飛攤了攤手。「你太吵了。」

「我可以不說話。」羅漢這麼說：「上次我就不說話。」

「上次你到最後還是忍不住找我說話。」

「這次我可以忍住。」

「真的嗎？」羅漢點點頭，示意自己絕對有能力保持安靜。

「好，那我帶你行動。」倪飛揭開斗篷，示意羅漢飛入斗篷內一只內袋窩著，跟著對王小明說：「小明哥，我昨天申請的東西……」

「都替你準備好了。」王小明這麼說，向一旁駕駛使了個眼色。那駕駛提起一袋東西，探長身子遞給倪飛，說：「看看還有沒有缺的。」

倪飛接過提袋，翻了翻，只見他要的紙紮家具、鬼火燈、混沌儀應有盡有，除此之外，還有幾枚防身用的驅鬼煙霧彈。

「很夠用了，謝啦。」倪飛向王小明打了招呼，又問：「陰差那邊怎麼樣？」

「都準備好了。」王小明這麼問。「一收到你通知，會立刻上山巡邏。」

「好，那我現在出發。」倪飛點點頭，轉身踩著滑板車，一路往北，朝著座落在半山腰間的仙村趕去。

十來分鐘後，他來到山腳下，盯著前方那條通往仙村的草山路，四周是破落矮房和荒地，他猜測陽世這一帶應當是民居和菜田。

只見山道邊一間矮房外，聚著幾隻野鬼，倪飛不敢大意，收去滑板車，徒步走進矮房巷弄裡，摸進一間工具棚舍，見棚舍深處有座腐朽置物架，架上垂著帆布，遮著置物架下層，是一處封閉空間。

他揭開帆布，伸手進去，推出約莫一坪大的混沌空間，將幾個紙紮家具扔進空間裡，往地上擺上一盞鬼火燈和一台混沌儀。

這裡便成為他第二處行動據點——山腳基地。

他並未仔細布置這山腳基地，而是繞回山道前，取出手機，要王小明通知陰差展開行動。

二十分鐘後，兩輛漆黑陰差公務車閃著鬼火警示燈、沿路警笛鳴響，遠遠駛來，一路駛上山道。

倪飛躲在隱密處偷瞧黑車上山，見山道旁民宅幾隻野鬼，遠遠見陰差黑車駛來，立時鬼鬼祟祟遁入房中，直到兩輛黑車駛遠，才又群聚起來，取出手機不知講些什麼。

他猜測那些野鬼應當就是傳聞中的鬼山幫成員，負責在山腳下站崗守備。

倪飛避開山道口，在附近找著一處大排水溝，躍進溝裡，從水溝裡挖掘混沌通道。

他將這混沌通道造成樓梯狀，方便他一路上山，途中他不時透過手機，控制他事先放上天的陰間空拍機。

那陰間空拍機僅巴掌大小，機身除了攝影鏡頭外，底下還生著六足，能夠像是昆蟲般攀停樹上，避免偵察時長時間旋停在空中引鬼注目。

倪飛透過空拍機鏡頭，見那兩輛陰差黑車駛入仙村，下來八名陰差，四處搜索。

由於仙村近幾年才有外地人陸續遷上山蓋屋，其陰間對應建築大部分都尚未生成，與陽世模樣落差頗大，四周僅有稀稀落落少數幾間矮房。

陰差們從鄰近矮房裡揪出幾隻鬼，詢問半晌，也沒問出什麼有用情報，跟著又在山凹處一口枯井前，持著手電筒朝井裡探望半晌，同樣沒有發現。

陰差搜查完畢，兩輛黑車駛下山，本來分散在四周矮房中的野鬼，群聚起來，閒聊幾句，其中一個取出手機講了半晌，彷彿在回報剛剛情況。

倪飛盯著仙村內幾隻野鬼，有些困惑，只覺得這陰間仙村未免太冷清了點，陰間仙村內的野鬼，甚至比山腳那批站崗仔還少。

「鬼山幫如果只有這點傢伙，老闆也不會叫我跟姜洛熙一起行動，還把陰間專案小組也找來聯合行動……」倪飛坐在混沌通道階梯上，盯著手機思索。「難道鬼山幫老巢不在山上，藏在其他地方？」

「我猜藏在風林鄉裡。」羅漢自倪飛斗篷內袋裡說話，還探出頭來，見倪飛不發一語盯著他，便說：「幹嘛，現在在混沌裡，又沒人聽得見我說話。」

「不是聽不聽得見的問題。」倪飛說：「是你有沒有能力保持安靜的問題，如果你辦不到……」

「誰說我辦不到！」羅漢立時鑽回斗篷內袋。

「……」倪飛開始繼續向上方拓展混沌通道，一面喃喃自語。「仙村教徒窩在山上，鬼山幫卻在其他地方，他們真的有勾結，還是其實他們根本沒關係……」他說到這裡，感到內袋裡羅漢有些動靜，像是想接話又忍住了。

「對了。」倪飛取出手機，點點按按說：「醜八怪飼料好像快吃完了，下次幫他換個口味，羅漢好像很愛現在這款飼料，訂同一款好了……」

「我要換！現在這款難吃死了，我不是說很多次了……」羅漢忍不住探出頭抗議，見倪飛望著他，便說：「你跟我說話，我當然要回答你啊……」

「我沒跟你說話，我在自言自語。」

「胡說八道，你明明就是故意跟我說話！」

「所以一有人跟你說話，你就會忍不住答腔，你沒有低調執行任務的天分，唉……」

「誰說的！」

一人一鳥便這樣不時鬥嘴，花了大半天時間，將這條混沌通道一路向上延伸兩、三公里，建成一條超過萬階的混沌梯道。

這梯道內部空間如同水上樂園滑水道般狹窄，倪飛在裡頭必須壓低身子斜斜向上前進，早在他建出百來公尺長時，便揉了張尪仔標，替雙腿加掛風火輪節省體力。

午後兩點，倪飛自陰間仙村一間矮屋後方樹叢探頭出來東張西望——他探頭前，已透過空拍機留意周遭動靜，確認附近無鬼才行動。

「糟糕，這樣有點麻煩……」倪飛張望半晌，又縮身遁回混沌梯道裡，坐在階梯上，取出手機點開陽世衛星地圖。

陽世仙村約莫有數十棟建築，由於都是新建成的建物，大都尚未自陰間對應地點生成出來，這令倪飛有些頭痛——他之所以花這麼大功夫興建混沌通道，就是為了能夠神不知鬼不覺地潛進陽世仙村調查，再輕鬆脫身，但倘若陰間建物稀少，那麼合適的出入口位置，也相對稀少。

儘管倪飛能夠利用樹洞、凹坑之類的地形建造出入口，但若是陰陽兩地地形落差太大，陰間的坑洞、大樹，在陽世已被整平、興建房屋，那麼他穿過鬼門便直接撞牆，又或是從陽世推門下陰間，卻卡在草叢或是撞在樹上，那行動效率便大打折扣了。

因此，他很快看上山凹處那口水井。

他在陽世仙村衛星地圖上也看得見那口水井，表示陰陽兩界地形相同，至於陰間仙村裡幾隻野鬼，平時想來都待在屋子裡，而不會躲在井裡，因此他覺得以那口水井作為往來陰陽兩界的「門」，十分理想。

他將混沌通道推進至水井中央，在水井內部闢出約莫一坪大的混沌空間，且直接將井口設為混沌空間的出口。

他想像著到時候混進陽世仙村內調查，一旦形跡敗露，遭教徒們圍捕，就逃到這井口旁，在眾目睽睽下躍井遁入混沌空間，讓那些教徒們驚訝之餘，卻又撈不著他，肯定有趣。

他休息片刻，準備從這水井出入口潛進陽世。

然而假如陽世水井附近聚有仙村居民，那麼他這行動便曝光了，因此他替手機裝了一具長臂鏡頭，悄悄伸出混沌空間、伸進陽世窺視周遭動靜。

他立時驚覺，陽世井口上方不是天空，而是整片鐵皮天花板。

原來陽世水井並非露天，而是位於建築內部。

他起初以為自己搞錯了水井，開啟地圖衛星照片比對位置，再一次伸出長臂鏡頭偷拍陽世水井外部，發現水井外是個寬闊的鐵皮建築，南面有門、北面有座碩大祭壇，祭壇上擺著各式各樣的奇異石像、法器和供品，祭壇周圍還聚著幾名活人信徒，正忙著整理祭壇雜物。

倪飛跟著發現這座鐵皮建築地面並非混凝土，而是砂土，某些部分甚至還生出雜草，他總算明白自己並非弄錯位置，而是這處鐵皮建築和古怪祭壇，應當是陽世近期建物，因此與衛星照片所見有所不同。

這讓倪飛不由得更加謹慎，生怕自己穿梭陰陽兩地時，要是挑上錯誤的出入口，可能會撞著不妙的東西。

他打算另覓更安全的出入口，但他今日一路從山下挖掘混沌通道至此，已精疲力盡，便循原路下山，打算先吃飽再計畫下一步。

參

傍晚時分，姜洛熙和陌青在客運站附近一家速食店裡用餐。

陌青身上注射的擬人針藥劑，是小歸集團研究部門三個月前的最新研究成果，目前尚未被地府核准在陰間上市，未來或許也不會有上市的一天——這款擬人針擬化成的人身，其逼真程度，不僅能夠矇騙神明使者、土地神、虎爺、陰差等基層神靈鬼使，甚至能讓另一隻鬼附上身後，都難以察覺出自己附上的肉身，其實和自己同樣是鬼。

這麼厲害的藥，倘若被惡徒利用，自然能夠在陽世造成不小禍害，地府早在一年前便針對市面上的擬人藥劑其效力做出了規範，超出許可範圍的藥劑都是非法的，小歸之所以持續研發，一來是他本來就沒那麼守法，二來是他透過韓杰，與天庭簽訂了協議，使他的寶來屋集團可以繼續研發陰間某些刁鑽技術，但一來不得傷及活人、二來須將成果定時回報天庭。

這項協議不僅讓寶來屋集團的科研技術力，不會落後給陰間其他邪惡勢力，也能讓天庭即時掌握陰間各種古怪技術的發展程度，且有充足的時間，防範其未來可能產生的危害。

太子爺倒是不反對韓杰等乩身，在執行籤令的時候，有條件地使用這些「違禁品」；畢竟陽世乩身下陰間打滾、與鬼怪周旋，必要時刻用點陰間的玩意兒，其實也沒什麼大不了的。

「好神奇，就像真的活著一樣。」陌青咬著薯條，望向窗外遠方逐漸隱沒在黯淡天色中的山稜線。

她的手腕上繫著一條黑色繩圈，繩圈上一處繩結微微浮空飄動，不時飄出淡淡煙霧，彷如不是陽世實物。

「妳每次都這麼說。」姜洛熙同樣望著窗外。

「是真的啊，完全不誇張。」陌青說：「每次當我覺得『小歸老闆這次的擬人針未免太厲害了吧！』的時候，沒過多久，你又拿來更厲害的擬人針。」

「所以這次的藥跟上次的藥有什麼差別？」

「我也不會形容……」陌青想了想，說：「觸感？空氣的味道？總之就是感覺更真實了幾分……」

「有東西來了。」一個嫵媚女人聲音，自陌青胸口衣服底下的四靈陰牌響起。

姜洛熙和陌青立時改變話題，聊起不久之後，姜洛熙即將成為大一新生的話題。

他們一面吃、一面聊，還不時盯著手機點點按按，互相傳遞訊息——

「洛熙，我感覺到鬼氣了，是不是在我背後？」

「在樓梯口，妳別回頭看，會露出馬腳。」

「我知道，我又不是笨蛋。」

一個身著襯衫、臉色青森的男人，大剌剌站在樓梯口正前方，完全無視迎面走來的客人，也不理會身後端著餐盤上樓的客人。

來來往往的客人，看不見也摸不著男人，一個個直接穿過男人身子。

男人是鬼。

男人的目標，正是姜洛熙和陌青。

白晝時，姜洛熙和陌青按照計畫，接連逛過風林鄉幾處觀光景點，終於如願碰上仙村村民搭訕攀談。

那位仙村大嬸和兩人攀談一陣，期間牽起陌青的手替她看手相，且熱心地介紹風林鄉內一間民宿，說認識民宿老闆，報她的名字，可以打折。

姜洛熙說自己昨天已經在廉價旅館付了一週房錢，仙村大嬸連稱可惜，說要是他早一天碰著自己，就能省下一筆住宿費用。

仙村大嬸跟著問了姜洛熙投宿旅館，先是故作訝異，跟著沉默半晌，再跟著神祕兮兮地對他說，那旅館不乾淨。

陌青插嘴說，那旅館雖然老舊，但其實還算乾淨。

大嬸說不是那種「不乾淨」，是另一種「不乾淨」——那間旅館多年前曾經發生過命案，後來三不五時傳出靈異事件，嚇跑不少投宿旅客。

姜洛熙佯裝驚訝，問陌青要不要換個地方住。

陌青皺眉說錢都付了，先住幾天，真有問題再想辦法也不遲。

仙村大嬸點點頭，遞了張民宿名片給姜洛熙，說要是這幾晚睡不安穩，就照著名片搬去逵伯那兒吧。

大嬸說，逵伯表面上的身分是民宿老闆，實際上卻是個通靈人，懂得處理那種不乾淨的東西。

姜洛熙盯著名片，向大嬸道謝，說若有需要，會請逵伯幫忙。

其實姜洛熙早熟知逵伯身分——據陽世眼線回報，逵伯名叫張逵，平時除了在風林鄉經營民宿外，同時也是仙村大家庭裡的二把手，平時仙村大小事都要回報逵伯，碰上各種祭典、重要大事，都由逵伯發號施令。

就連逵伯那民宿地址，姜洛熙也早已掌握，但他不想那麼單刀直入地去找逵伯問話，一來他並不擅長套話，一時想不出該怎麼發問，才能讓逵伯在不起疑的情況下，透露更多線索。因此他決定讓仙村住民主動找上他——他給大嬸的資料，半真半假，稱家人長居國外，自己高中畢業，沒有考上原本理想中的大學，家人本想將他接去國外讀大學，但他想要嘗試重考，同時留在台灣陪伴女友，家人則會定時寄學費和生活費給他——對於仙村而言，這樣的人設，顯然是可口肥羊——即便他上山多日，也沒有家人會追究，甚至還會定期寄錢給他。

和坊間尋常詐騙不同的是，那仙村大嬸盯上目標之後，不會死纏爛打，而是暗中燃符，將黑繩圈繫在目標身上，然後通知逵伯，太陽下山之後，逵伯就會派幫手過來，接力「遊說」目標上山。

想來堵在樓梯口那男人就是逵伯派來的幫手，循著黑繩圈氣味一路找來。男人也沒靠近，自始至終就在樓梯口前靜靜站著。

姜洛熙和陌青吃完餐點，清理托盤，下樓離開速食店，騎著新機車，返回老舊旅館。

姜洛熙剛走進旅館房間、扣上門鍊鎖，男人便透門飄了進來，剛剛他沿路搭著陌青雙肩，像是風箏般一路跟來。

姜洛熙假裝看不見男人，自顧自伸了個懶腰，從行李中翻出換洗衣物，走進浴室洗澡。

「……」陌青取出手機，剛點開通訊軟體想和姜洛熙傳訊息，突然感到鬼氣逼近，便關上通訊軟體，走去窗邊，默默望著窗外。

男人來到陌青身後，雙手摟上陌青肩頸，前胸貼上陌青後背，越貼越緊，緊到整個身子溶入陌青身中。

男人附上陌青的假肉身。

□

姜洛熙洗完澡、吹乾頭髮，穿著居家服推門走出浴室，已察覺不到剛剛那男人氣息。

他見陌青坐在化妝鏡前，不發一語地梳著頭髮，雙眼直勾勾地透過鏡子和他對望，神情陰寒冰冷，不由得覺得奇怪。「剛剛那位老兄呢……」

「哼哼……」陌青怪笑一聲，一雙眼瞳往上一吊，用奇異嗓音說：「你說呢？」

「……」姜洛熙拿起手機，打開通訊群組，傳了則訊息過去。

「阿給，抓到鬼了嗎？」

「抓到了。」

陌青瞥著化妝桌上的手機，螢幕上正是同一個群組的對話視窗——姜洛熙替阿給、銀鈴和螽叔三鬼各自申請了一部陰間手機，且建立了通訊群組，方便大夥兒分頭行動時、要是不方便出聲，便能傳訊息聯繫彼此。

「阿給，你幹嘛告訴他啦！」陌青對著掛在胸前的四靈陰牌大聲埋怨。「我想假裝被鬼上身，嚇他一跳，我不是說了嗎？」

「沒辦法啊。」阿給的聲音從陌青胸口傳出，說：「我們是天庭神明派給洛熙的幫手，要優先聽從洛熙的命令啊。」

「哼！」陌青翻了個白眼，轉過身對姜洛熙說：「我本來想學電影裡面被鬼附身的人一樣，化個大濃妝，瘋瘋癲癲用口紅亂畫鏡子，嚇你一跳，讓你以為阿給、螽叔、銀鈴都拿他沒辦法，你只好動用尪仔標幫我驅鬼，可是怎麼都沒辦法把他趕出來，因為……」

姜洛熙來到化妝鏡旁的床沿坐下，望著陌青，說：「因為那隻鬼，已經被阿給他們抓進四靈陰牌了。」

「對！」陌青哈哈笑著說：「我的計畫棒不棒？」

「嗯……」姜洛熙扠手想了想，搖搖頭。「不太棒。」

「為什麼？」

「因為我感覺得出來他不在妳身上。」姜洛熙說：「而且他的道行別說和阿給他們比，就連妳都比他厲害，他怎麼可能附在妳身上、控制妳的身體？」

「你就不能假裝上當逗我開心嗎？」

「逗妳開心有很多辦法，幹嘛這麼麻煩？」

「最好是啦，限你一分鐘內讓我笑出來……」陌青還沒說完，只見姜洛熙無預警擠出一個鬼臉，立刻就笑彎了腰。

陌青的笑點頗低，很容易被逗笑。

「你這什麼臉？為什麼我之前沒看過？你剛剛洗澡時想到的？」

「不是，是前幾天想到的。」

「好好笑，你不要再弄那個臉了，笑死我了。」陌青邊笑，邊將四靈陰牌揭下，拋給姜洛熙，然後也從行李翻出換洗衣物，去浴室洗澡。「我也要想個鬼臉笑死你，你等著。」

姜洛熙拿著陰牌來到窗邊，對著掌心上的陰牌低聲呢喃：「底下沒動靜吧。」

「風平浪靜。」阿給的聲音自陰牌中傳出，一早陰牌三鬼按照姜洛熙吩咐，派出符蟲潛入陰間，部署在旅館周圍，以防鬼山幫成員悄悄從陰間上來襲擊。

銀鈴接著說：「陽世旅館周圍也有我派出的符蟲，我們三個會輪流盯著，晚上你們可以放心休息。」

「好。」姜洛熙點點頭，又問：「剛剛那傢伙有沒有同夥？」

「他說沒有同夥。」阿給也說：「因為他們人手不太夠，哈。」

「他還說了什麼？」

「他結結巴巴說了一大堆，但大部分都是廢話……」阿給和銀鈴的聲音先後自陰牌透出。

不久之前，那隨兩人進屋的男人，剛附上陌青身子，就被陰牌三鬼揪進四靈陰牌裡。三鬼二話不說先打男人幾拳，跟著將他五花大綁，押在四靈陰牌那小亭院中，逼問他附身意圖。

男人嚷嚷求饒，他自稱「李十八」，說是逵伯派他來的，要他附在陌青身上，做些奇怪舉動嚇唬姜洛熙，這麼做的目的，自然是讓姜洛熙主動找逵伯求助——這是風林鄉仙村與坊間騙人邪教最大的不同，就是仙村內確實有異人懂得驅使鬼物幫忙「說服」目標對象，而無需費心胡謅詭辯，使用藥物、魔術等詐騙伎倆，就能讓一個個被嚇傻了的目標，主動求助逵伯，前往仙村膜拜八寶仙姑。

李十八半年來，用同樣的方式，在風林鄉及周遭鄉鎮，成功「遊說」了不少人向逵伯求助，繼而趕赴仙村。他不知道那些人後來的下場，也不知道八寶仙姑的真實身分，只知道自己大部分時間，都在一座有許多抽屜的木櫃裡沉睡著。每次逵伯拉開抽屜、施法喊他，他才會醒來，按照逵伯指示行事。

奇怪的是，李十八全然不記得自己生前往事，甚至連自己有無老婆、有哪些家人朋友、死了多久都不知道。

「一堆小抽屜的櫃子……是中藥櫃那種櫃子？『李十八』這名字聽起來像是編號一樣，所以逵伯手邊有許多和李十八一樣的幫手？」姜洛熙起身踱步，喃喃自語：「這位李十八提供的情報，好像沒什麼用呢……」

陌青啊呀一聲，說：「我記得你之前說，上頭想仔細追查這些人藥集團的幕後大買家，要你們行動時別打草驚蛇……現在我們抓住逵伯的鬼嘍囉，算是打草驚蛇了嗎？」

「還不算……」姜洛熙搖搖頭，說：「逵伯還不知道李十八被我們抓住了，在他發現之前，我們還能做很多事。」

「我們能做什麼事？」陌青問。

「例如……」姜洛熙正要答話，手機嗡嗡一震，是韓杰傳來訊息，詢問姜洛熙今日工作進度，姜洛熙尚未答覆，韓杰第二條訊息也隨即跳上螢幕，問姜洛熙現在方不方便說話?

「方便。」

姜洛熙打字回覆,立時收到視訊會議邀約,他點下同意,韓杰和倪飛的視訊立時映入眼前。

韓杰抱著剛過一歲生日不久的女兒韓婧和姜倪二人視訊開會。

「哦!是婧婧耶。」陌青擠到姜洛熙身旁,和他一同盯著手機上韓杰的視訊畫面。

韓婧雙手捧著奶瓶,自顧自地喝奶。

「韓大哥你故意在我們面前抱女兒演好男人嗎?」倪飛打著哈哈問。

「在你們面前演好男人有啥意義?我吃飽了撐著?」韓杰翻了個白眼,說前幾天在岳母家替韓婧過一歲生日,午後剛抓完周,就收到太子爺籤令,稱追蹤多時的一個人藥大買家現身了,令他立時動身處理。

韓杰返回岳母家時,已近深夜,不但連晚餐也沒吃,還斷著左手骨、用混天綾纏著胳臂,全身是傷地進房,蹲在床旁輕撫已經入睡的韓婧臉蛋。

王書語站在韓杰身後,替韓杰捏捏肩、揉揉頭,督促他得更勤快點,要他在韓婧長大前,把底下那些危險分子處理乾淨。

免得女兒將來繼承他衣缽,也和他一樣,三天兩頭斷手折腳。

「啊？」陌青呆了呆，不解問：「韓大哥，你說婧婧將來繼承你衣缽？她也要當乩身？」

「不是。」韓杰搖搖頭，苦笑說：「太子爺說只是開開玩笑而已。」

「因為抓周嗎？」姜洛熙問。

韓杰點點頭，說韓婧生日那天，搖搖晃晃爬過一堆玩具零食、筆墨紙硯和各種雜物用品後，抱起一隻洋娃娃，在洋娃娃衣服裡，翻出一只金光閃閃的尪仔標，然後將洋娃娃扔下地，坐在地板把玩那金光閃閃的尪仔標。

韓杰見到王書語和許淑美投射而來那訝異兼埋怨的目光時，立時連連搖頭，說那尪仔標不是自己放的。

屋子裡除了韓杰、王書語和許淑美之外，便只有王劍霆及女友。

除了韓杰之外，還有誰會在韓婧抓周雜物裡放尪仔標呢？

眾人不約而同將視線轉向站在窗邊那小草窩上的籤鳥小文。

小文張開翅膀、搖頭晃腦地在草窩上雀躍蹦跳，一副「就是我、就是我」的模樣。

小文自然不會主動幹這無聊事情，背後必然有人授意了。

事後，太子爺托夢向韓杰說自己只是和大家開開玩笑，要韓杰和王書語別放在心上，小女孩的未來，當然由小女孩自己決定。畢竟世間妄想自己背負天命、是天選之人的蠢傢伙，多到足夠填滿整條淡水河，然而真有本事被上天相中的人，十萬人裡也未必找得出一個。韓婧長大了就算真想像爸爸一樣耍尪仔標，自己還未必看得上呢。

陌青聽韓杰說到這裡，似笑非笑地戳了戳姜洛熙的臉；分割視窗上的倪飛也同時嘿嘿一笑——

十萬人裡也未必找得出一個的傢伙，在這支手機螢幕上，就擠著三個。

「書語姊聽太子爺說只是玩笑，應該放心了吧。」陌青問。

「嗯，她說不會放在心上……」韓杰乾笑兩聲，眾人也明白，雖說是玩笑，但可是神明旨意等級的玩笑啊。將來如何，誰知道呢？

肆

翌日一早，倪飛戴著特製防毒面罩，在破屋基地裡替醜八怪清理完排泄物、洗了個澡，前往陽世用過早餐，從王小明手中接過新一批物資，返回陰間，晃至仙村山腳基地，從山腳基地內部向外挖掘混沌通道，與不遠處排水溝內的混沌通道連接在一塊兒，方便他以後直接從山腳基地上山。

他休息片刻，繼續走混沌通道向上，來到仙村水井位置，花了點時間比對手機地圖，朝北面又闢出一條近百公尺的混沌通道——昨晚他返回破屋基地途中，特別在山腳基地逗留一段時間，放出羅漢，佩戴攝影鏡頭飛到陽世仙村高空觀察地形，同時還操縱空拍機至陰間仙村相同位置比對一番，選中了一棵高聳大樹。

此時的他，將混沌通道推進到樹下，然後九十度向上，循著樹幹直直往上挖掘，還造出一條梯子方便向上攀登。最後，他在離地八、九公尺高處，造出一處一坪大的混沌空間，擺了幾樣紙紮家具。

至於這頭的出入口，則造在大樹旁幾株樹叢裡一處天然凹坑，這凹坑位置隱密、陰陽兩界地形一致，鬼嘍囉們也不會接近，是十分理想的出入口。

如此一來，倪飛便能長時間躲在大樹基地內，透過數只空拍機和佩戴攝影鏡頭的羅漢，長時間監視仙村陰陽兩界內一舉一動。

倪飛盤坐在紙紮小方桌前吃著餅乾，盯著手機螢幕上的羅漢空拍畫面，一面在筆記本上繪製這仙村內簡易地圖——此時仙村內模樣，與衛星地圖有不小出入，不僅新增十餘處鐵皮建築外，也有幾棟蓋到一半的低矮公寓。

羅漢在陽世仙村上空，透過通訊符籙聽從倪飛指示，仗著陽世仙村白晝沒有鬼物出沒，大著膽子逐一飛近低矮公寓窗邊窺視房內動靜。

倪飛盯著鏡頭，在筆記本記下一間間無人空屋。

午後，倪飛以水井通往大樹基地的混沌通道作為基礎，掘出數條分支通道，連接至仙村建築群內數間儲藏室和空房。

其中一間儲藏室位於仙村山道入口旁一棟矮公寓一樓，裡頭堆放著臂章、旗幟及各類棍棒武器。這棟兩層樓公寓是仙村糾察隊總部，一樓有值班室、會議廳、茶水間，以及這間儲藏室，二樓則是宿舍和起居室。

另一間儲藏室位於一排矮公寓三樓角落某戶空房，裡頭堆放著破損床架、廢桌椅，這排矮公寓內部有許多房間，房門上還有房號，有如旅館般。

又一間空房位於矮平房內，地板積著水漬、牆面滿是黴斑，似是施工品質不佳，天花板漏水所致。

其餘出入口大同小異，大都是仙村各組部門的辦公室裡的儲藏間或是閒置空房。倪飛在挖掘通道連接各處儲藏室和空屋時，也同時令羅漢飛近樓房窗邊窺視鄰近房間內部動靜，一旦確定房間無人，他便會潛入拍攝室內照片、翻看資料帳冊、安裝針孔鏡頭和竊聽器，甚至直接躲在儲藏室裡，隔著門偷聽外頭仙村成員說話。

太陽下山前，倪飛返回大樹基地，揭開鼓脹脹的背包，取出各式各樣的雜物分類整理，這些雜物都是他挖掘混沌通道途中，從仙村各組據點順手竊得的東西——包括各組辨識臂章，工程組的安全帽、口罩和背心，糾察隊的頭燈和棍棒，食堂組的圍巾、手套等等。

他開啟羅漢從空中拍攝的仙村影片，比對仙村各組人員裝扮穿著，思索今日取得的這批裝備雜物，是否足夠讓他偽裝成一名仙村成員。

要是能夠以仙村成員的身分混入各組內部，必定能夠打探出更多情報。

他從筆記本上撕下一頁，寫上「祭仙夜」三個字，底下附上時間日期，然後貼上牆。

他從一整天的偷聽、打探取得的瑣碎情報裡，拼湊出「祭仙夜」似乎是仙村內時常舉辦的一種祭典活動，時間雖不固定，但一個月總會舉辦數次，通常每次祭仙夜結束前，主持人會公布下一次祭仙夜的日期。

下一次祭仙夜，就在兩天後。

□

傍晚，姜洛熙帶著陌青來到一棟三層透天公寓前，按下門鈴。

陌青戴著漁夫帽，頭低低的，任由帽沿和長髮遮住她那張蒼白臉龐和發青的唇。

門打開，那身形矮壯的中年男人正是逵伯，他爽朗一笑，問：「你就是姜同學？」

「嗯。」姜洛熙點點頭，害怕地回頭望了望身後的陌青。

「她就是……」逵伯視線越過姜洛熙，打量起陌青。「你女朋友？」

「是……」

「進來吧。」逵伯拍拍姜洛熙肩，招呼兩人進屋，對著櫃台婦人說：「倒杯茶給客人。」

跟著，逵伯帶著兩人走進櫃台後方一個房間。

房間裡布置雅緻，幾座原木櫃裡擺著各式各樣的民俗擺飾和經書，桌上古銅薰香爐透出一縷白煙。

逵伯微笑招呼兩人在辦公桌前一張長藤椅坐下，他穿著米色棉麻襯衫，雙手腕上的念珠加起來超過十串。逵伯這副模樣，與其說是民宿老闆，更像一位高深莫測的修行居士。

櫃台婦人端來兩杯茶，放在藤椅前的小桌上。

「阿貴，這邊交給我就行了，妳出去門關上，點三炷香，朝北方求仙姑賜法助我。」逵伯這麼吩咐那叫作阿貴的婦人，還故作神祕地說：「等等不管聽見什麼，都別進來。」

「是。」阿貴恭敬點頭，轉身出房，關上門。

逵伯轉身來到兩人面前，雙手抱胸，微笑瞧了瞧陌青幾眼，對姜洛熙說：「如果我沒猜錯，你女朋友身上那位朋友，應該有求於你。那麼首先，讓我先弄清楚，這位朋友究竟……」

「沒錯！你怎麼知道？那個陰牌裡的女鬼說要抓交替，要我女朋友做她替身，讓她輪迴轉世！」姜洛熙突然插嘴，指著陌青頸際那條紅繩，嚷嚷說：「都是我不好，從網路上買了一塊陰牌，誰知裡面有那麼凶的女鬼……」

「陰牌？女鬼？」逵伯傻眼，心中那背得滾瓜爛熟的劇本，才翻開第一頁，就被眼前這姜洛熙拉進陌生戲棚，嚷嚷他從未聽過的台詞，令他一時之間接不上話，喃喃問：「什麼陰牌？」

「就是這個。」姜洛熙伸手從陌青頸際捏起那條紅繩。一塊小小的古怪木頭飾牌，自陌青領口露出一角。

陌青猛然抬頭，一雙眼睛凶光暴射，朝著姜洛熙惡吼一聲，嚇得姜洛熙鬆手退開老遠。

逵伯也被陌青這突如其來的怒吼和迸發的戾氣嚇了一大跳，連忙從領口掏出一只符包，大力摘下、提在手上，小心翼翼地挪移腳步逼近陌青，還狐疑地轉頭問姜洛熙。「你剛剛說……她是女鬼？不是男的？」

「是啊。」姜洛熙連連點頭，說：「是女鬼沒錯，好厲害的女鬼。」

「妳……妳……」逵伯右手舉著符包，直直對著陌青的臉，再次確認：「妳是女鬼？妳不姓李？」

「我姓溫喔……」陌青笑嘻嘻地一把握住逵伯舉在眼前的符包，符包立時溢出一陣煙霧。「我名叫銀鈴……」

陌青說完，鬆開手，符包已經化為一團焦灰，散落滿地。

「喝！」逵伯驚駭退到桌邊，拉開抽屜，抓出一疊黃符，嘰哩咕嚕唸出長長一串咒語，大步走到陌青面前，左手攬住陌青後腦，右手托著一把黃符往陌青雙眼按去，誰知黃符還沒碰著陌青，臉頰便重重捱了陌青一巴掌。

陌青這巴掌搧得極重，將逵伯搧倒在地、腦袋撞上木桌，一把黃符撒得滿地都是。

「哇！」逵伯摀著臉頰掙扎站起，見陌青歪頭瞅著他笑，神情凶厲，嚇得轉身奪門而出。

姜洛熙也緊跟在逵伯身後，嚷嚷地問：「逵伯！你打不贏那個女鬼？」

「阿貴！別進房，裡頭那東西很凶！」逵伯吩咐櫃台婦人躲遠點，跟著帶著姜洛熙下樓來到地下室，繞至廊道深處，來到一間上鎖房門前，取出鑰匙開門。

房間裡有一張神壇和幾座大小木櫃，擺著各種奇異法器符籙。

逵伯來到神壇前，揭開幾罐奇異藥液倒入小碟，再摻入兩匙硃砂粉，攪和均勻，捏著毛筆寫起符，一邊寫一邊回頭問姜洛熙：「你剛剛說那女鬼哪來的？你買了陰牌？」

「對。陰牌。」姜洛熙點點頭，說自己在網路上聽一個陰牌商家，稱自己賣的陰牌有求必應、不靈賠十倍，一時好奇便訂了一塊，前兩天才收到，送給女友佩戴，誰知道女友便這麼讓陰牌裡的女鬼附了身。

他說的煞有其事，但其實剛剛陌青身上那塊木牌，是他在車站附近紀念品商店花了幾十元購買的飾品，昨晚特地花了點時間加工——他先用砂紙磨去木牌表面原本的雷雕文字，用黑色原子筆胡亂寫些符籙文字，又用鑰匙在牌上刮出幾道痕跡、鑿些細孔，最後反覆抹上稀釋醬油染色做舊，便成了剛剛那塊「陰牌」——其實按照逵伯今日反應看來，姜洛熙昨晚的加工顯得多餘了，畢竟銀鈴扮演女鬼附在陌青身上是事實，一巴掌將逵伯搧得眼冒金星、嚇得半死，逵伯根本無暇細想那陰牌由來。

「同學，那種陰邪東西，還是不要隨便碰的好……」

「我以後不敢了。」

姜洛熙點頭附和，盯著一座老木櫃，那老木櫃外觀像是中藥櫃，有數十只小抽屜，每個抽屜都貼了塊小牌，小牌上寫著姓氏和編號。

姜洛熙視線停在其中一個名牌上——

李十八

神壇前，逵伯快速畫了數張符，轉身拍拍姜洛熙的肩，神祕兮兮笑著說：「除非你像逵伯我一樣，有這方面的天分。」逵伯邊說，邊來到老木櫃前，揭開其中幾只抽屜，拿出打火機準備燃符，突然回頭對姜洛熙說：「同學，我怕你嚇到，你先轉過身。」

「好。」姜洛熙背過身，聽見打火機的聲音，隨口說：「我應該沒天分吧……」

「那也不一定，有沒有天分，連我也看不準，只有仙姑說了算。」逵伯這麼說，將幾張燃起異色火光的符，捏至五只拉出的抽屜上方繞了繞。每只抽屜裡，都擺著一個纏繞紅繩的小瓷罐，那些瓷罐被火符繞過，鼻㠯溢出黑煙。

逵伯細碎喃唸一陣，閉眼深深一吸，將五股黑煙全吸入鼻子裡，他的頭頸微微泛起奇異黑紋，睜開微微發紅的眼睛。

「走吧。」逵伯轉身帶著姜洛熙走出小房間，重新鎖上房門。「我先收了女鬼，再跟你講仙姑的事。」

「可是剛剛你不是打不贏她？」

「現在不一樣了。」逵伯自信一笑，邁開大步走上樓。「現在我有仙姑派來的仙兵幫忙。」

「喔。」姜洛熙回頭望了上鎖房間一眼，快步跟上逵伯。

剛剛那上鎖房間裡，此時站著一個五歲大的孩童——

阿給。

姜洛熙趁逵伯燒符作法時，悄悄將四靈陰牌隨手放入一旁木櫃上。

待逵伯和姜洛熙離開後，阿給便現身開工了。

阿給將四靈陰牌掛在胸前，騰空飛起，在小房間內東翻西找，隨口和待在陰牌裡待命的螽叔說：「剛剛那位大叔就那麼點道行，還一副得道高人的嘴臉，看了就好笑。」

螽叔在陰牌裡回話：「那點道行，用來騙一般人，夠用了。」

阿給來到那中藥櫃前，揭開幾只抽屜，捧出那些小瓷罐翻看檢視，笑呵呵地說：「這拙劣囚鬼法術，不怎麼樣吶。」

「用來囚李十八這種傢伙，夠用了。」

□

一樓，阿貴害怕地縮在櫃台旁，捧著符包喃唸祝禱，見逵伯回來，這才鬆了口氣。

「別怕。」逵伯來到自己辦公室門外，揚手示意阿貴別擔心，轉頭對姜洛熙說：「你等我五分鐘……不，三分鐘就夠了，三分鐘後，你再進來，我跟你好好講仙姑的事。」

他說完，微笑開門、進房、然後關上門。

姜洛熙也取出手機，點開計時器，開始計時。

十五秒，房內傳出一陣砰磅聲響，同時伴隨著逵伯的驚叫聲。

三十秒，逵伯大聲哀嚎。

三十六秒，逵伯奪門而出，臉上多了些瘀青，還用左手托著右手，他右手腕骨似乎斷了。

「這這……這女鬼什麼來頭？怎麼那麼厲害？」逵伯連滾帶爬地撲倒在櫃台前，哀嚎摸找著手機，像是想打電話求援。

「陌青！」姜洛熙見陌青癱坐在藤椅上，腦袋微微低垂、滿頭大汗，連忙進房將她攙起，在她耳邊輕聲問：「沒事吧？」

「當然沒事。」陌青陡然睜眼，神祕一笑，附在身中的銀鈴說：「五個臭嘍囉，別說當陰牌鬼奴，就連當鬼奴身旁的小僕都未必有資格。」她這麼說，還抓著一團黑煙塞進姜洛熙懷裡——那黑煙便是剛剛逵伯從中藥櫃子裡招出的五隻鬼。

逵伯本來仗著五鬼附身，想一舉降伏陰牌女鬼，替後續哄騙姜洛熙上山面見仙姑增添說服力，卻不料陌青身中的銀鈴道行遠勝身中五鬼，揪著他便是一頓痛打，還將他身中五鬼都給揪了出來。

姜洛熙接過五鬼化成的黑煙，同時快速捻香灰粉揉成袋子，將五鬼裝袋藏在口袋，準備之後再交給陰差處置。

他攙著陌青走出辦公室，只見逵伯躲在櫃台後方，艱難地嘗試以左手操作手機、撥打電話，姜洛熙笑著說：「逵伯，你真有一套，女鬼被你打跑了。」

「什麼？」逵伯愕然望著姜洛熙和陌青半晌，見陌青臉色蒼白、虛脫無力，不解地問：「你說她身上的女鬼……被我打跑了？」

「對啊。」姜洛熙點點頭，說：「那接下來我們該做些什麼呢？那個女鬼還會回來嗎？」

逵伯放下手機，狐疑地上前檢視陌青情況，見她印堂猶黑，身中隱隱透著凶氣，嚇得後退一大步，搖頭說：「不對！女鬼還沒走！」

「什麼？」姜洛熙急問：「那……那怎麼辦？你不是說仙姑派了仙兵幫你？仙兵呢？」

「仙……」逵伯喘著氣，思索半晌，苦笑說：「這樣好了，你先帶你女朋友上樓休息，我去……」他望了望自己右手腕，喃喃說：「看個醫生，然後找更厲害的救兵過來，你別擔心，不會有事。」逵伯說完，令阿貴拿鑰匙開間房讓兩人暫歇，自己則穿上鞋子，快步離去。

伍

深夜，陽世仙村。

男人害怕地望著眼前那個青面獠牙、額上突出兩支短角的怪傢伙。

其實男人並非怕鬼，因為怪傢伙不是鬼，男人才是鬼。

男人是鬼山幫嘍囉，負責夜間仙村巡邏任務。

十來分鐘前，男人完成今晚的巡邏任務，返回休息室，和負責下半夜巡邏的伙伴交接。同伴前腳剛走，男人伸著懶腰，來到置物櫃前揭開櫃門，取出零食飲料，轉身回到座位，揭開飲料，才剛湊近嘴邊，脖子便被一條不知從哪竄來的金光閃閃的繩鎖緊緊勒住，倏地將他整個身子往後一拉。

男人便來到了這處古怪空間。

「你是誰……你想幹嘛？」男人望著怪傢伙，抬手輕撫頸子，他頸上纏著金黃繩索，全身猶如虛脫般，一點力氣也使不上來，沒辦法飛、也沒力氣逃跑。

而那青面獠牙的怪傢伙，正是戴著面具的倪飛。

今晚，倪飛在仙村這處鬼山幫成員休息室裡守候多時，總算等到機會，成功逮著這落單的鬼山幫嘍囉。

「你不用管我是誰。」倪飛取出一支陰間電擊棒，在男人面前按下開關，讓電擊棒閃閃發亮，說：「你只要知道，從現在開始，我問什麼，你答什麼，不要嘰嘰歪歪，知道嗎？」

「知……知道了。」男人望著倪飛手中的電擊棒，害怕地點點頭。

「你是鬼山幫成員？」

「對。」

「你負責巡邏？」

「對……」

「鬼山幫的頭目，是一個叫作『八寶仙姑』的傢伙？」

「八寶？才……才不是，那蠢婆娘只是幌子……」

「幌子？什麼意思，你說清楚點？」

「……」

「……」倪飛見男人不開口，便上前將電擊棒抵在男人臉上。

「我沒有不說啊，我只是在想到底該從哪裡說起！」男人驚恐求饒。「我在鬼山幫只是嘍囉，還是地位最低的那種……平常只幹些打雜工作，很多事都一知半解……」

「一知半解也沒關係。」倪飛退開幾步，盤腿坐下，盯著男人。「把你知道的全說出來。」

「是……」

□

幾乎同時間，達伯右手裹著石膏，返回民宿前，恨恨瞪著漆黑一片的民宿樓房。

傍晚他剛離開醫院，就接到阿貴的電話，稱整棟樓電燈忽明忽滅，甚至發出紅光，幾組客人紛紛逃下樓，都說在房中見到鬼，全退房了。

達伯要阿貴先下班返家，自己晚點會帶幫手回民宿處理。

七、八個模樣凶惡的傢伙，在達伯身後現身。

帶頭那傢伙身高超過兩公尺，大腿和水泥電線桿一般粗，面貌酷似猿猴。

這壯碩猴臉男人身後跟著一個狗頭嘍囉和一個羊頭嘍囉，以及五、六個人臉嘍囉。

「你說的厲害女鬼就在裡面？」壯碩猴臉男人這麼問。

「是的……霸哥。」達伯點頭說：「我一直用手機看監視器，其他客人都跑了，但他們一直沒出來，應該在房裡。」

「進去瞧瞧。」壯碩猴臉男人名叫「七霸」，大手一招，身後幾個嘍囉紛紛飛身穿牆竄進民宿，分頭搜索每個房間。

逵伯則帶著七霸走正門進入民宿，七霸在櫃台前仰頭環視，問：「我嗅不著陌生厲鬼的氣味？你是不是弄錯了？」

「啊？」逵伯愕然半晌，舉起自己打上石膏的右臂，嚷嚷說：「是真的，霸哥，我怎麼敢跟你開這種玩笑啊。」

「也是，你哪有這種膽子。」七霸哼哼一笑，頭頂竄下一名鬼嘍囉，說：「霸哥，找到人了，但是……」

「但是什麼？」

「只有人，沒有鬼呀。」那嘍囉這麼回報。

「什麼？」逵伯愣了愣。「只有人是什麼意思？」

「只有人的意思，就是房裡只有人，一男一女都在睡覺。」嘍囉說：「他們身上都沒有鬼。」

「怎麼可能？」逵伯愕然上樓，來到姜洛熙和陌青房間，敲了半晌門，終於等到姜洛熙開門。

姜洛熙開門，揉著眼睛，一見是逵伯，苦笑說：「逵伯，你帶救兵來了？」

「你……女朋友呢？」逵伯問。

「她在睡覺。」姜洛熙指了指床。陌青好端端地躺在床上、蓋著被子，沉沉入睡。

「女鬼還在她身上嗎？」

「我看看……」逵伯愕然步入房間，小心翼翼地湊近床邊瞧陌青，此時他確實感應不著陌青身上有何異樣，但又不敢靠得太近，就怕陌青突然睜眼打他。

七霸不等逵伯求助，自顧自走來床邊，低頭朝陌青身子嗅了嗅，轉頭瞪著逵伯。

「你說的女鬼，在哪？」

「我……我不知道她去哪裡了……」逵伯攤手搖頭。

「嗯？逵伯你跟我說話？」姜洛熙搶著接話——他對於必須在某些時刻假裝看不見鬼這件事，已經駕輕就熟。

「不……我……這……」逵伯看看七霸，對姜洛熙說：「沒事就好，你們今晚好好休息，明天一早兒看看情況再說，女鬼有可能還會找上門，方便的話，明天我就帶你上山求仙姑幫忙……」

「嗯。」

□

民宿外，逵伯一個勁地向七霸道歉。「霸哥，我發誓我沒說謊，我真沒那麼無聊把自己手弄斷搞這齣戲，我也不知道那東西為什麼嚇光我客人，然後就莫名其妙離開了……」

「張逵。」七霸大手按上逵伯肩頭，輕輕捏了捏，力道不大不小，剛剛好能讓逵伯有些發疼，卻又沒到無法忍受的地步。「我信你這次，你確實沒理由搞這無聊把戲耍我，只是啊，下次你找我幫忙之前，自己多努力一下，例如想辦法困住女鬼，就不會讓我像個小丑一樣撲空了，我很忙的，你應該知道。」

「是，我知道。霸哥，這次真對不起，你說的話我會牢記在心。」

「我派兩個嘍囉在你這裡，如果那女鬼又回來，他們會通知我。」七霸這麼說，點了兩個嘍囉進民宿守衛。

「謝謝霸哥！」逵伯向七霸大大鞠了個躬，他本來還擔心女鬼要是真回頭找他，他可不知如何是好了。

七霸領著其餘嘍囉，隱沒在寂靜巷弄裡。

逵伯返回民宿，見七霸派來的兩個鬼嘍囉站在櫃台前，便上前吩咐：「你們上樓進房，一個守著門、一個守著窗，要是女鬼回來，就通知霸哥；他倆有什麼動靜，就通知我。」

兩個鬼嘍囉點點頭，按照逵伯指示上樓看守姜洛熙房間。

陌青躺在床上靜靜睡著，姜洛熙窩在廁所滑玩半晌手機，洗了把臉，出來走到窗邊，也不理會身旁還站個鬼嘍囉。

他拿起手機瞧了瞧，螢幕上是四靈陰牌群組內的通訊對話——

「還以為等等要跟蹤那批傢伙，找出他們老巢，沒想到他們主動留下兩個，這下就方便了。」

「現在要怎麼做？把他們也抓進來？」

姜洛熙在手機快速打下幾個字，送出——

「對，現在行動。」

一旁鬼嘍囉像是好奇，探頭過來想瞧瞧姜洛熙手機螢幕，但見姜洛熙轉頭盯著他，猛地嚇了一跳，正要叫嚷，嘴巴就被自後掩來的一雙老手按住。

站在門邊的鬼嘍囉，見著窗邊情況，正要上前幫忙，同樣也被自門外竄入的銀鈴和阿給架住胳臂、掩住嘴巴。

陰牌三鬼，快速將兩個鬼嘍囉，押進四靈陰牌裡。

「好了嗎？」躺在床上的陌青睜開一眼，見姜洛熙點點頭，便起身下床、舒伸筋骨半晌。「原來裝死這麼累，呼……」她扭扭頭頸，突然感到有些異樣，啊呀一聲，說：「擬人針快失效了……」

姜洛熙從領口撈出四靈陰牌，說：「妳先回牌裡休息吧，今晚逵伯應該不會再來了。」

「嗯。」陌青點點頭，取出解除擬人針效力的藥水喝下，微笑撲向姜洛熙，給了他一個擁抱，還親了他幾口，這才遁回四靈陰牌。

「……」姜洛熙呆立窗邊半晌，抬手輕觸自己雙唇，像是在回味剛剛陌青幾枚香吻滋味——比起常人，他心中七情六欲像是被覆蓋著厚厚粗布，對生活中許多事情都沒太大感覺，但相反地，極少數能夠令他情緒起伏的人事物，他也會格外重視。

例如當年爺爺過世時、例如得知父母過往所作所為時。

例如遇見陌青之後。

例如剛剛的吻。

他閉上眼睛，回想剛剛那陣小小的心情起伏。他覺得自己應該更加理解這些瑣碎的心情感受，才能回報給陌青更精準的反應；就像小時候他也努力學習過什麼時候得配合大家哈哈笑，不然會顯得自己很古怪、不合群一樣。

□

四靈陰牌內鬧哄哄的，今天螽叔和阿給在民宿地下室老藥櫃裡揪出的二十幾隻鬼，連同先前的李十八在內，都囚在陰牌內部老宅的兩間空房裡。

二十幾隻鬼有的叫囂、有的喊餓、有的互相對罵、有的吆喝大家合力撞門逃出這兒——嚴重干擾到老宅客廳裡，銀鈴等三鬼進行到一半的審問工作。

「吵死了！給我安靜——」阿給氣呼呼地衝去兩間房外重重踹門，和裡頭眾鬼對罵起來。「你們這些蠢蛋被那傢伙關在破櫃子裡當奴隸使喚，我們救你們出來，你們還吵吵鬧鬧，不懂感恩嗎？」

「逵伯每天餵我們吃飯，你們一整天沒給我們吃東西！」

「這裡是哪裡？好擠啊！快放我出去！」

「血！我要喝血，我受不了了，給我血喝！」

「外面哪個臭小子說話，有種進來說，看我不打死你！」

「啊！」阿給聽有鬼罵他，氣得正要開門進房揍人，突然感到一股滾滾凶氣瀰漫過來，不禁打了個冷顫，轉頭一看，原來是銀鈴揭下廊道最末間房門上的金符。

那是魔血仔的房間。

房門揭開一條縫，濃烈血氣滾滾自門裡溢出，瞬間灌滿整條廊道。

「哇，等等，先讓我回房間，我好怕他！」返回四靈陰牌的陌青，半跑半跳地躍過襲向地板的血氣，害怕地躲回房間、關上房門，跳上床用被子裹住全身——儘管她與陰牌三鬼相處多時，對最後一間房裡的魔血仔來歷也已熟知，但每當三鬼揭下魔血仔房門金符，她仍會被魔血仔發出的窮凶之氣嚇得渾身發顫。

兩間房裡的逵伯鬼僕們，同樣也被魔血仔發出的凶氣所震懾，紛紛閉上嘴，不再吵鬧。

「哼！」阿給踹了一下門，罵：「哪個傢伙再敢囉唆，我會讓他跟魔血仔單挑。」

陰牌三鬼各自擁有一道天庭賞賜的金符，三鬼仗著金符之力，能夠獨自壓制魔血仔，不必像過去那樣三鬼齊力才能控制魔血仔；平時貼在魔血仔門上的那張金符，則能讓三鬼都離開陰牌時，仍能壓制魔血仔數天以上，方便姜洛熙平時調度三鬼行動。

除此之外，即便三鬼長時間離開陰牌，只要姜洛熙將陰牌帶在身上，也能夠透過自身力量，偕同房門上的金符術力，抑制魔血仔凶氣，使其無法暴動作亂。

銀鈴微笑踏過被血氣淹沒的古宅廊道回到客廳，對剛剛逮回來的兩個鬼嘍囉說：「剛剛我問你們話，你們都當沒聽見，我只好請房裡那位老兄幫忙問話囉。」

兩個鬼嘍囉害怕地問：「房……房裡哪位老兄？」

「你們進去看看就知道囉。」銀鈴笑著問：「哪個要先進去？」她這麼問時，還伸手指著嘍囉。「你要先進房嗎？還是你先進房？」

兩個嘍囉在銀鈴手指向自己時，都連連搖頭。「我不要進去……」

「不想進房就老實回答我們的問題！」阿給氣呼呼地走來，連珠砲似地說：「鬼山幫老大是誰？底下有多少嘍囉？老巢藏在哪兒？還有仙村裡那什麼仙姑倒底是啥玩意兒？」

兩個鬼嘍囉再次望了望彼此，像是猶豫不知該不該從實招來。

「這樣好了。」銀鈴隨手拎起一個鬼嘍囉，笑呵呵地對另一個鬼嘍囉說：「我先帶他進房陪那老兄單獨聊聊，等等聊完了，換你進去，到時候你應該什麼都願意說吧。」

銀鈴說完，拖著那嘍囉走入廊道、走向魔血仔房間。

「呀！」那嘍囉踩著廊道地板上滾滾血氣，嚇得驚恐尖叫。「我不要單獨聊，我直接說，可以嗎？我們師父叫白尾，是隻狐狸精！我們煉人藥的工廠不在山上，在風林鄉裡……」

「很好。」銀鈴停下腳步，又提著那嘍囉回到桌前坐下。「你繼續講，你同伴不開口，那就讓他來陪房間裡的老兄聊天好了。」她這麼說時，笑著伸手去拎另個嘍囉後頸。

那嘍囉身子一縮，高聲叫嚷：「我說……我什麼都說！我們鬼山幫除了師父白尾之外，還有大師兄七霸、大師姊黑姬、小師兄松弟……」

「大師兄七霸是獼猴精、黑姬是蛇精、松弟是……是……」

「是松鼠精！你連小師兄是松鼠精都不知道？」

「我不是不知道，我是被那裡頭那凶氣嚇傻了……」

「等等！」阿給突然插嘴打岔。「什麼叫『小師兄』？我只聽過『小師弟』，大師兄後面不是接二師兄嗎？還是你們漏講了？」

「是……是這樣的……」嘍囉無奈解釋：「師父最初只有三名徒弟，七霸是大徒弟、黑姬是二徒弟、松弟是小徒弟，最初他們四個這樣過了許多年，松弟習慣大家喊他小師弟，即便後來比他更小的徒弟進門，他也要大家喊他『小師兄』，至於松弟之後入門的師兄弟們，彼此只按入門時間喊師兄師弟，沒有另外排順位，所以松弟在鬼山幫裡的稱呼，就是『小師兄』。」

「哼！」阿給哼哼笑著說：「原來是這松鼠精在裝可愛，有二師兄不當，硬要當個小師師兄，噁心！」

跟著，兩個嘍囉繼續你一句我一句地講述起鬼山幫內部情況，頭目白尾是狐狸煉成的山魅，擁有百年道行，帶著三名徒弟隱居深山多年，前兩年不知怎地，開始對人類世界產生興趣，同時也接觸到幾支陰間勢力和各種古怪修行邪術。

白尾陸續在陰間陽世招募數批山魅和人魂徒弟，正式成立了鬼山幫，起初從事一些陰陽兩地的買賣生意，替陰間買家張羅些陽世牲畜、草藥之類的邪術材料，但這些東西在陰間不怎麼值錢，師兄弟們日夜翻山狩獵採藥，和所得報酬不成比例。

跟著，白尾開始嘗試自行煉藥，他回想過去曾向一位狐狸前輩學習過以人血煉藥的異術，但當時他覺得張羅人血風險太高，擔心惹來神明使者，始終不敢付諸實行……

「嗯。」螽叔、銀鈴、阿給聽兩個嘍囉說到這裡，互望了望，都感到有些困惑——本來帶著一批弟子隱居山中的白尾，為何突然之間轉了性，不但勾搭上陰間勢力結幫立派，還幹起過去不敢幹的勾當。

「這個，我們也不清楚……」兩個嘍囉都搖搖頭，互相望了望，像是猶豫該不該說：「我們是有聽說過傳聞，但不確定是不是真的。」

傳聞，白尾某次帶著弟子下陰間遛達玩耍，結識了一個陰間幫派。

那幫派在陰間勢力不大，但頭目和白尾一樣，都是狐狸煉成的山魅。

據說是隻極其美艷的母狐狸。

「我知道了！」阿給聽到這裡，插嘴說：「你們師父愛上一隻陰間母狐狸，但人家嫌你們師父窮酸，所以你們師父發憤圖強，組成鬼山幫，想幹出一番成績，門當戶對追求母狐狸？」

「這……」一個嘍囉攤手聳肩。「這我們就不知道了，只是傳聞，我們也是聽其他師兄說的……」

另個嘍囉補充：「我們人魂在鬼山幫地位比山魅低，很多重要情報，山魅師兄姊們都不會主動跟我們說，只交代我們一些雜事，剛剛講的東西我們也是聽來的，不敢保證準確……」

「嗯。」一直沒開口的螽叔終於開了口。「這些傳聞先放一邊，講點正事，那白尾現在藏在哪兒？」

「師父在風林鄉有自己的私人住所，我們平常都跟著大師兄七霸待在工廠……」

「工廠？修煉人藥的工廠？在哪兒？」阿給問。

一個嘍囉供出地點，位於風林鄉鬧區公寓民宅內部，另個嘍囉補充說：「七霸師兄平時都在公寓裡煉藥，藥一煉好，小師兄松弟就會過來拿貨，送去給買家，至於買家是誰，大概只有師父跟三位師兄姊才知道了……」

「大師兄負責煉藥，小師兄負責尋找客戶跟送貨……」阿給想了想，問：「你們剛剛說工廠會收到從山上送來的『材料』，山上就是仙村對吧，那材料又是什麼？」

□

「祭仙夜當晚，仙村村民們排隊把碗裡的血倒進井裡，然後呢？」倪飛坐在混沌空間裡，盯著鬼山幫嘍囉。

「這我就不知道了……」嘍囉搖搖頭，說：「本來我們都以為那口井直通陰間，那兒有我們的兄弟會接手處理流下的人血，但是後來才聽說，我們在陰間沒多少兄弟……人血並非流去陰間，而是直接送去工廠。」

「嗯？」倪飛有些困惑，只覺得自己似乎漏聽了什麼，他想了想，說：「我整理一下你剛剛說的東西——鬼山幫不知道從哪兒找來一個八寶仙姑，在風林鄉山區經營邪教，也就是仙村，八寶仙姑四處招募信徒，定期舉辦祭仙夜活動，讓信徒獻血，最後一人捧著一碗血往井裡倒，而這些活人鮮血，就是鬼山幫用來煉人藥的材料。」

「對……」嘍囉點頭。「我知道的就只有這樣……」

「你說工廠不在山上，在風林鄉鬧區裡；又說信徒們倒進井裡的人血，沒走陰間，直接送進工廠？怎麼送？難道你們要把倒進井裡的血再抽出來？這不是多此一舉嗎？」

倪飛這麼說時，回想起先前在陰間仙村挖掘通道時，特地知會陰差上山盤查，想藉此吸引鬼山幫幫眾注意，掩護他在陰間仙村打造出入口，誰知道陰間仙村建物稀疏，連鬼山幫嘍囉都寥寥無幾，而這也是先前陰差沒有深入追查這鬼山幫勾結陽世邪教的原因之一——仙村的陰間對應位置，除了幾間破屋和一口井外，根本沒東西可查。

「我……我也覺得奇怪啊，我真的不知道師兄們是怎麼把人血從水井送去工廠，師兄們沒有吩咐我們額外從井裡抽東西出來，我也沒看師兄們那麼做過。」

「那唯一的可能，就是有人在井裡接了條水管，直接把血引下山啦，你覺得有可能嗎？」倪飛冷笑兩聲，對著那嘍囉搖晃電擊棒，像是懷疑那信徒真實性，想作勢嚇唬他，但突然被自己隨口說出的話點醒一般，喃喃自語：「難道真接了條水管？」

倪飛歪著頭思索半晌，似乎打定了主意，起身上前掐開男人嘴巴，往男人嘴裡罐了瓶古怪藥液。

「你餵我……喝什麼東西？」男人只覺得那藥液氣味古怪，剛喝下肚，就感到天旋地轉，一陣反胃，嘔出一團黏液。

那灘黏液緩緩膨脹、蠕動，向上增生爬長，像是恐怖電影裡的異形出土一般。

「這……是什麼？你對我做了什麼？」。男人驚恐叫嚷，突然感到眼前一黑，他的腦袋被倪飛罩上香灰袋子，遮住他的視線，同時他頸上金繩勒緊，漸漸難受起來，耳際只聽見倪飛對他說：「吵死了，不要鬼叫！我再問你一次，你剛剛說，你加入鬼山幫不到半年，只負責守衛、打雜，沒有直接傷害過活人，對吧。」

「對……」那嘍囉被金繩勒得透不過氣，連連點頭。「好難受，求求你小力點，我不鬼叫……」

倪飛令金繩鬆開些，在男人耳邊問：「我好像還沒問你的名字，你叫什麼？」

「我叫阿舜……」

「阿舜，看在你沒有傷害陽世活人的分上，我不會對你怎麼樣，只會關你幾天，等我事情辦完了，就會放你離開，到時候你想回陰間，還是在陽世亂晃，都不干我的事，但是如果你亂來，我會把你交給陰差，說你吃人肉、喝人血，叫閻王把你打進十八層地獄，上刀山下油鍋，聽清楚了嗎？」

「我……我沒吃人肉也沒喝人血啊！」阿舜驚恐叫嚷起來，又感到頸上金繩漸漸開始收緊，連忙說：「我……我知道了，我不會亂來。」

「很好。」倪飛隨手一揚，在這混沌空間內又闢出一塊狹窄空間，將阿舜囚入其中，還造出一片柵欄封死那小小囚室，跟著他將金繩另一端往柵欄上一按，令金繩末端化為一只金鎖，牢牢鎖在柵欄上。

最後，他在柵欄上安裝了一具對講機，像是想隨時和阿舜保持聯繫。

倪飛盯著自己打造出來的小囚室半晌，確認沒有遺漏什麼，這才回頭，只見剛剛阿舜吐在地板上那灘黏液，此時已經長成人形，樣貌、穿著都和阿舜一模一樣。

這是陰間另種神奇藥物，鬼服下此藥，就能夠嘔出與其一模一樣的假造魂身，且不論本人還是他人，都能使用專門的符籙或是控制器，控制這假身舉手投足甚至說話。

倪飛揭開一只小盒，捏出一枚奇異圖釘，按在阿舜假身腦門上。

這是增強訊號的收發裝置，能夠大幅增加假身的遙控距離，讓倪飛能夠窩在大樹基地裡，操縱假阿舜行動。

倪飛取出手機，見阿舜那休息室裡依舊空空如也，十分滿意，便伸手往牆上一按——

置物櫃啪嚓打開，假阿舜走出置物櫃，簡單收拾剛剛真阿舜被揪入置物箱時弄翻在地的飲料，跟著在桌邊坐下，拿起桌上零食，捏出一片放進嘴裡，嘻嘻一笑。

陸

翌日一早，在破屋基地裡度過一夜的倪飛，聽見手機鬧鐘鈴聲，睜開眼睛跳下紙紮床，打了個哈欠脫去身上睡衣，赤裸著身子步入廁所刷牙洗臉，再赤裸著身子走出廁所，從行李翻出衣褲、狗罐頭和乾糧，踏出混沌房間、走出陰間破屋廚房，轉進廚房旁另間房間。

他在這房間裡造出一處獨立混沌空間，作為鬼狗醜八怪的窩。

醜八怪這混沌窩經倪飛數次改造，幾乎和他自己的混沌房間差不多大，整體呈長條形，以三道門隔成四塊空間，最前端的入口彷如玄關；第二段空間是浴室，有蓮蓬頭和排水口，淨水管和污水管路都接好了；第三段空間是醜八怪的家；第四段空間裡只擺著一個大垃圾桶，用來裝醜八怪的屎尿等垃圾。

倪飛裸著身子踏入醜八怪家玄關，將衣褲放上玄關小櫃，再從小櫃裡取出防毒面罩戴上，帶著狗罐頭和乾糧，通過盥洗空間，來到醜八怪家。

他花了十來分鐘，把醜八怪的屎尿清掃裝袋，扔進最後一段垃圾間的垃圾桶裡。再跟著，他戴著防毒面具、光著屁股，陪醜八怪玩了半晌拋球遊戲，這才將飼料裝盆、揭開罐頭，讓醜八怪享用，自個兒則進入盥洗間，摘下防毒面具，痛痛快快洗了個澡，最後回到玄關，用紙紮鬼火吹風機吹乾頭髮，穿齊衣褲——他將醜八怪的家造成四段，將醜八怪的屎尿氣味隔絕在裝有抽風設備的盥洗室那段，使之不會溢出玄關、影響他平時工作心情。

倪飛先上陽世買了早餐，跟著返回陰間，戴上鬼臉面具，踩著滑板車來到立體停車樓的公園，一面享用早餐，一面欣賞立體停車場裡出現的騷動。

這座停車場本來是他此行的基地首選位置，但抵達陰間風林鄉後才發現，這停車場竟是陰間最大黑道春花幫某堂口據點。

這令他十分不爽。

因此前兩天他替醜八怪造混沌狗屋時，特地拉了條排氣管，一路接至立體停車場的通風管道內。

他替那排氣管兩端都裝上抽風扇，每日清晨定時啟動抽風，將醜八怪窩中的糞便氣味抽走大半之後，剛好鬧鐘響起，他起床清掃狗糞，然後洗去身上臭氣，才悠哉上陽世買早餐，再回到陰間公園裡，將春花幫眾們在停車場裡外亂竄，氣急敗壞地尋找臭味來源的模樣和罵聲，當成早餐配菜，吃得津津有味。

吃完早餐，倪飛正式開工。

他打了通電話給王小明，問：「你能不能幫我向小歸老闆，或是相關研發部門問問——你們家研發的定位追蹤裝置，最小大概是多小？」

「定位裝置？最小是多小？」王小明說話含糊不清，同樣也吃著早餐——鬼在陰間雖然不需要吃飯，但在陰間，只要條件許可，許多鬼仍然樂於維持生前飲食習慣，陰間也和陽世一樣，有許多餐廳和各式各樣的飲食商品。

尤其是王小明，他甚至會定期注射擬人針，返回陽世大吃大喝。此時他一面咀嚼一面說：「什麼意思？一般迷你定位追蹤器，不就手指指甲大小嗎？」

「我就是覺得手指指甲大小還是太大，有沒有更小的？」

「你想要多小的？」

「最好小到……泡在水裡也不會被淨水器攔下來的程度。」

「哪有可能那麼小！你知道陽世有些淨水器連細菌都能攔下嗎？」

「我不是說那種淨水器啦……」倪飛說：「只要小到足夠通過用來過濾垃圾、砂石、雜物的設備……例如紗布，有比紗布網眼更小的定位追蹤器嗎？」

「可以通過紗布網眼……當然沒有！」王小明在電話那端哈哈大笑。「至少現在我從沒聽過有那種東西，再等個五年八年，說不定會有喔！」

「嘖……」倪飛有些失望，喃喃說：「這樣我的計畫會有風險……」

「什麼風險？」王小明問：「你到底想追蹤什麼，要用到那麼小的追蹤器？」

「這……解釋起來太麻煩了，我現在還有事要做，總之拜託你幫我打聽打聽吧，小明哥。」

「好啦，等等我替你問問相關部門，有消息就通知你。」

「謝了。」

倪飛掛上電話，一路晃去山腳基地那兒，自排水溝出入口進入混沌通道，此時這條上山的混沌通道，內部已經不是階梯形狀，而是如同滑水道般光滑，因為倪飛覺得縮著身子在窄道內爬樓梯實在累人——

他捏出一片尪仔標，揉開，將一雙風火輪，附在自己左拳兩側，跟著右手滑著手機，令風火輪緩緩轉動，一路將他拖行上山。

他甚至刻意放緩風火輪轉速，使他滑手機的時間充裕點。

他足足花了三分鐘，才抵達水井位置。

昨晚他收工返回破屋基地，經過這水井時，特別從水井中段位置造了混沌開口，讓羅漢飛進水井底部探找半晌，並未發現有人造管線。

這其實理所當然，畢竟從山上的水井底部，建造人工管線直通山腳，整條管線工程可不容易——這自然是指陽世工程，倘若鬼山幫中也有一個和倪飛一樣、懂得打造混沌空間的傢伙，那麼從井中拉條管線下山，就不是那麼困難的事了。

問題在於，混沌空間縹緲虛無，即便在陽世陰間相同位置造出兩個以上的混沌空間，彼此也不會擠著彼此，而是如同廣播電台般，不同的混沌空間有不同的頻率，倘若不依靠專業儀器，即便是道行深厚的術士，也極難找出另一處混沌空間。

除了倪飛這樣天生的混沌天才。

倪飛除了造混沌，也能感知周遭有無混沌，或是以法術造出的特異空間。

然而在陰間，除了有專門偵測混沌的雷達之外，反偵測的技術同樣也飛速發展，例如倪飛用以維持各處混沌基地運作的混沌儀，除了能夠供給混沌空間能量之外，也能對混沌頻率加密，甚至能時刻變化頻率，以免被其他雷達偵測著——目前這類反偵測技術，不僅稍微領先偵測技術一截，也領先了倪飛那與生俱來的本領。

也就是說，倘若某處混沌，使用了高級的反偵測技術，那麼倪飛跟雷達，便難以偵測出來。

昨晚倪飛在井裡，用小歸提供的混沌雷達，外加自己閉眼摸索聞嗅半晌，一無所獲。

但他仍相信井裡確實藏了條混沌管線，否則這口不通陰間、沒接陽間水管的枯井，如何將信徒倒入井中的鮮血，送去山下煉藥工廠呢？

這便是他向王小明詢問定位追蹤裝置能做多小的緣故——即便現在他找不著混沌管線，但只要等到明日祭仙夜，信徒將鮮血倒入水井，接血那頭自然會將「門」打開，屆時只要他想辦法將追蹤器扔進井裡，就能和鮮血一同通過混沌入口、進入混沌管線，一路追蹤鮮血去向。

雖然倪飛昨晚睡前已從他與韓杰、姜洛熙的對話群組裡，得知姜洛熙早他一步查出煉藥工廠位置，且已準備前往工廠周圍部屬盯梢，但倪飛仍然覺得這仙村上那鮮血流向值得追蹤，理由是仙村水井距離山腳有數公里遠，山腳離姜洛熙查出的煉藥工廠也有數公里遠，倘若鬼山幫當真造出一條超過十公里長的混沌管線，從仙村水井直通風林鄉闇區，那麼沿著管線多造幾處據點駐守，甚至拉幾條支線運送鮮血以外的藥物、物資也挺合理。

也就是說，倘若倪飛能夠追蹤鮮血流向，找出整條管線路徑，那麼就有機會一口氣找著多處鬼山幫據點，將整個鬼山幫一網打盡。

昨晚韓杰和姜洛熙聽倪飛這麼說，也同意這鮮血流向確實值得追蹤，畢竟目前尚未找出人藥買家，此時此刻，除了持續追查，也沒別的事可做了。

然而這樣的方法會面臨一道難題——將追蹤器弄進井裡不難，但倘若對方在混沌管線開口前另外裝設了簡單如紗窗、紗布之類的過濾設備來阻隔雜物、砂石一同流入管線，他那追蹤器便無用武之地了。

甚至於這麼長一條輸血管線，途中倘若流經其他加工廠，對這些鮮血進行額外加工，那麼指甲大小的追蹤器就有可能被發現，甚至會令調查行動因此曝光。

對此，韓杰稱他已完成手邊任務，今晚會抵達風林鄉與兩人會合，屆時會再與眾人討論有沒有更好的方法追蹤鮮血流向。

□

晚上九點零五分，倪飛抵達陽世風林鄉一處偏僻停車場。

那兒停著一輛大型貨櫃車，貨箱側面印有寶來屋的商標圖案，寶來屋集團在台灣陰間從南到北都建有賣場跟物流中心，因此寶來屋物流貨櫃車在陰間十分常見。但出現在陽世，則極其罕見。

倪飛雙手扠著口袋，剛繞至貨櫃車尾，便見到車尾貨櫃門緩緩敞開。

姜洛熙、韓杰、王小明、曹大力都在裡頭，除此之外，貨箱內還有兩個陰差。

牛頭那身敞開的西裝外套內不是襯衫，而是吊嘎，一雙皮鞋髒兮兮的；馬面是個嬌小女孩，短裙搭著黑長襪，外加一雙厚底鞋。

這兩個陰差倪飛也見過數次，是張曉武和顏芯愛，他倆也是人藥案件專案小組裡的成員。包括他倆在內，俊毅城隍府內半數以上陰差，連同俊毅城隍，都被閻羅殿調進專案小組幫忙，這是因為人藥案件事關重大，地府組成專案小組，自然優先挑選過往與神明乩身配合良好的陰差與城隍府。

「大家都到囉。」倪飛登上貨櫃，櫃門緩緩關閉，整輛車隱沒在夜色之中，停車場上空空如也——這是一輛偽裝成寶來屋物流車的先進冥船，裝備了最先進的混沌引擎和鬼門裝置，能夠隨意出入陰陽兩地，也能駛入混沌，隱密移動，更能偽裝成寶來屋物流車，光明正大地行駛在陰間道路上。

小歸將這輛冥船，提供作為此次人藥任務中的大型機動作戰中心，供韓杰等神明乩身進行重要會議。

貨箱內部設備讓人眼花撩亂，大大小小的螢幕合計有數十面，由一組人員專責管理操作，其中最大的螢幕上，正顯示著整個鬼山幫組織架構。

組織圖中，大師兄七霸底下資訊最為豐富，其掌管的煉藥工廠位置、嘍囉人數、大致設備都已被姜洛熙查出，一旁還有陽世術士張逵及他那民宿囚鬼密室的資料。

螢幕上，大師兄旁的師父白尾底下，只寫著狐狸山魅，顯然行蹤、詳細資料尚未被掌握，一旁小師兄松弟和大師姊黑姬底下資料則寥寥無幾。

姜洛熙和倪飛各自逮著的嘍囉，只知道松弟和黑姬，分別是松鼠與蛇煉成的山魅，其中松弟負責鬼山幫拓展業務，外加送貨給買家；黑姬則專注煉製蠱惑人心的迷藥，用來控制仙村村民。然而近一年左右，黑姬與七霸似乎對鬼山幫未來發展路線的想法出現分歧，兩人關係日漸緊張，黑姬平時也甚少露面，大多時間都在附近山區蒐集迷藥材料。

會議開始，韓杰先問姜倪兩人今日調查結果，倪飛說自己上午再度把水井周圍仔細翻了一遍，仍然沒找著有用線索，倒是傍晚時分，他操縱著阿舜假身在仙村裡四處晃了晃，先後和幾位鬼嘍囉攀談，探得不少祭仙夜活動細節，對明晚混進祭仙夜的行動有些幫助。

至於姜洛熙，今日一早趁天沒亮，寫了張字條，稱陌青已經恢復正常，想繼續這次旅遊行程，所以不和逵伯上仙村了。

他將字條留在櫃台，便悄悄返回原本的旅館。

如此一來，逵伯即便醒來之後，發現櫃台上的字條、且發現七霸派給他的兩個嘍囉不見了，也只能猜測兩嘍囉或許正跟著姜洛熙行動，畢竟他倆的目標是那神祕女鬼，而不是民宿房間。

當然，逵伯很快會發現自己在地下室藥櫃裡的鬼僕都不見了，但想來他也莫可奈何，畢竟昨天他外出打石膏，櫃台婦人曾經回報「女鬼」在民宿裡大鬧，從逵伯的視角看來，地下室裡鬼僕失蹤，也可能是女鬼幹的；即便他開始感到姜洛熙有些可疑，但他連姜洛熙落腳旅館在哪兒都不知道，因為他最初派出的李十八，壓根沒有返回民宿向他交代工作成果。

而姜洛熙返回旅館歇息片刻之後，立刻按照昨晚嘍囉供詞，前往七霸管理的煉藥工廠。那煉藥工廠位於陽世風林鄉鬧區裡兩棟相連的租賃公寓裡，該租賃公寓大房東，是最早一批上山的仙村居民，那大房東乖乖遵從八寶仙姑旨意，將名下二十餘戶租賃公寓的其中四戶，長期閒置不租，空出來「養仙」——其實就是借給鬼山幫煉藥。

大房東平時也會定時帶著其他仙村居民，帶些零食酒菜進屋焚香祭祀，供七霸和嘍囉們享用。

這麼一處藏匿在陽世的陰間煉藥工廠，陽世警察看不到、陰差們搜不著，加上規模也不大，因此這兩年來，一直沒被盯上。

在姜洛熙指示下，陰牌三鬼在租賃公寓陰陽兩地周邊街道，安排了大量監視符蟲；開會這當下，螽叔身處陰間、阿給和銀鈴駐守陽世，二十四小時指揮符蟲，嚴密監視松弟有無現身取貨。

大師兄七霸倒是一點也不低調，大半時間都帶著幾個嘍囉，在租賃公寓樓頂吃吃喝喝，喝得興起，還會吆喝嘍囉當他的面練武對打，是個十足的武鬥愛好者。

「好，我們來整理一下接下來的工作。」馬面顏芯愛站在巨大螢幕前，抽出甩棍甩開，當成教學指揮棒來用，她先指了指螢幕左半邊鬼山幫組織架構那兒的七霸，說：「姜洛熙負責繼續盯著煉藥工廠，我們真正的目標是背後買家，在買家現身之前，最好都不要有太大的動作；再來是倪飛——」她說到這裡，持著甩棍指向螢幕右半邊，那兒詳述的仙村內部資料，大都是倪飛這幾日的調查結果，包括倪飛建立的混沌通道分布、各出入口和藏身基地，以及仙村居民各組別據點位置等等。

顏芯愛望著倪飛，說：「你說明天就是祭仙夜，村裡的信徒會往井裡獻血，你要追蹤鮮血流向？」

「對。」倪飛這麼說，但隨即也對眾人說明有關那追蹤器大小的顧慮，然後望向王小明。

「我幫你問囉。」王小明從口袋取出一只小盒，拋給倪飛。

倪飛接著小盒，揭開只見裡頭有兩個東西，一個是指甲大的立體方塊，另個則僅約莫紅豆大小。

王小明說：「大的那個是寶來屋現有的追蹤器，小的那個還沒研發完成，目前是有批樣品，但是定位不夠精準，你想要哪個？」

「嘖……」倪飛瞧瞧大顆的追蹤器，再瞧瞧小顆的監視器，嘆了口氣，顯然都不夠小。

韓杰想起什麼，轉頭問姜洛熙：「我記得你那些陰牌伙伴們不是懂得折符蟲，能控制符蟲飛天，還能透過符蟲眼睛看東西？他們有沒有辦法折出更小的蟲？」

「昨晚我問過蝨叔這件事。」姜洛熙搖頭說：「但蝨叔他們用的符蟲，體型都跟真蟲差不多，要折得更小不是不行，但控制、感應都會減弱，到了蒼蠅大小時，有很高的機率會直接失聯。」

「好吧。」韓杰無奈攤手，知道自己白問了——相比之下，陰間追蹤器還是好用多了。

大夥兒討論片刻，都覺得不用急著冒這個險，先等煉藥工廠出貨，或者買家主動上門後，倪飛再行動也不遲——反正那祭仙夜一個月會舉辦數次。

倪飛也不反對這結論，反正整個仙村還有許多地方沒探清楚，他今晚前來開會途中，還想著擴大囚室規模，逮來更多鬼嘍囉，多造幾個假身出來，夜裡操控假身巡邏完畢，再跟另個假身交接，等同整個仙村都是他的主場，也挺有趣。

韓杰最先咦了一聲，跟著眾人都聽見角落一只側背包發出叫聲。

小文從背包飛出，來到韓杰頭頂繞起圈圈。

大夥兒都知道，這是太子爺有話想說的意思，韓杰也立時找了張紙，舉高遞給小文。

小文叼住白紙，轉眼燒成籤令拋下。

韓杰接著那張火焚籤令，唸出太子爺指示——

別延後，明晚就追蹤鮮血流向，倪飛那主意挺有趣，我也想知道水井是不是眞藏著條一路接下山的管子。別用陰間的追蹤工具，我有個更好用的東西。

韓杰唸完，眾人都好奇太子爺說的「更好用的東西」，究竟是什麼東西。

大夥兒還沒開始討論，便聽小文嘰嘰一叫，凌空生出一顆金蛋落下。

韓杰眼明手快，伸手接著那枚金蛋，金蛋發出微微震動，裂開兩半，蹦出一隻半截拇指大小的黃金蟾蜍。

「啊，是金蟾蜍！」韓杰猛然醒悟，笑著對倪飛說：「爽到你了，這東西比一般追蹤器好用多了。」

「金……蟾蜍？」倪飛愣了愣，只見韓杰掌上那金蟾蜍突然吐出舌頭，將身邊破蛋殼捲進嘴裡，然後咯咯幾聲，昂頭吐出一團金霧。

那金霧在空中化成無數金黃星點，猶如銀河般，下一刻，無數星點開始移動串連，連成一條條金線，那些金線有些筆直，有些彎曲，有些拼接成方塊，有些繞成不規則封閉區塊。

「咦？這是……」姜洛熙和倪飛，不約而同驚呼出聲，都拿出手機，開啟地圖──空中那由無數金線組成的畫面，便是風林鄉周邊地圖。

再跟著，金線地圖緩緩飄落在眾人面前，縮小成約莫平板電腦大小，倪飛伸手在那金線地圖上指了指，驚覺地圖竟會隨著他手指晃動而放大縮小，超出一定範圍外的金線會淡化消失，可視範圍當真與平板電腦大小差不多。

「這不就是……」倪飛用二指在地圖上捏合或是張開，儘管指尖觸感略有不同，但操作邏輯卻和操作手機地圖大同小異，他興奮望向韓杰：「韓大哥你說過，過去太子爺被關在第六天魔王的戰艦上，就是靠這金蟾蜍找到出路……」

「還戰艦咧。」張曉武噗嗤一笑，顏芯愛也接話說：「那是『他化自在天』。」

他化自在天，是第六天魔王花費鉅資打造而成的巨型冥船，當時張曉武和顏芯愛，陰錯陽差登上他化自在天，兩人與太子爺及眾乩身們齊心協力、並肩作戰，戰得轟轟烈烈──那場涉及天庭、陽世和陰間的大戰，其規模即便回首千年，也極其罕見。

「所以明天晚上，我只要把金蟾蜍丟進井裡，就能追蹤鮮血流向了，對吧！」倪飛剛說完，韓杰掌上那金蟾蜍突然一躍好高，在空中化成一隻飛鳥，再化成數隻大蝶，又化成十餘隻金龜，最後化為一群飛蠅，然後噗地炸成一團金霧。

下一刻，金霧倏地竄出貨櫃車，在空中再次凝聚成飛鳥，瞬間飛出老遠。

「哇！」眾人見倪飛手上那金線地圖上，冒出一條橙色線，那橙色線飛快推進，繞了一大圈，最後銜接至起點——金色飛鳥自貨櫃車另一端竄入，竄到眾人頭頂，又變回原本的金蟾蜍，落在倪飛肩上。

同時，金線地圖上的橙線，便是剛剛金蟾蜍化成的飛鳥，繞行一圈之後記錄下的路徑。

一切盡在不言中，即便是對手機操作不甚熟悉的韓杰，也明白這金蟾蜍的用法了。

「所以……」王小明儘管也看懂了，但還是忍不住問。「把這隻癩蝦蟆扔進混沌管線，就不會被攔截了？」

「拜託喔肥宅！」張曉武這麼說：「這隻蟾蜍兄連他化自在天都能搞定，這群小山魅搞出來的機關，蟾蜍兄根本不放在眼裡吧。」

「我只是隨便問問嘛。」王小明皺眉抗議：「曉武哥，幹嘛在後輩面前嗆我，很傷人耶。」

「哈哈你這……」張曉武怪笑兩聲，像是想繼續起鬨，被顏芯愛用手肘頂了頂，這才向王小明陪笑。「好啦，歹勢歹勢……」

姜洛熙補充說：「剛剛金蟾蜍先變成鳥，又變成蝶，再變成金龜子跟蒼蠅，最後變成一團霧，應該就是在對我們表示——金蟾蜍可以變得非常小，小到無法被攔截下來，不必擔心被發現。」

「太子爺這次……還真開了個大外掛給我啊。」倪飛望著手中那金蟾蜍，只見金蟾蜍又咯咯兩聲，化為一片黃金尪仔標。

倪飛鄭重地將黃金尪仔標收進外套內側暗袋裡，問韓杰：「韓大哥，這張黃金尪仔標，以後就歸我了？」

「我覺得應該不是……」韓杰笑著搖搖頭。「你自己都知道是大外掛了不是嗎？」

「也對喔。」

柒

韓杰等人步出貨櫃車，準備散會，王小明呵呵笑地問大家難得齊聚風林鄉，要不要找個地方吃點宵夜。

倪飛還站在貨櫃尾端，望著已經下車的眾人，笑著拒絕王小明的邀約，說他今晚要加班開工，等等會先返回破屋基地，提早準備醜八怪的罐頭跟狗糧，然後帶齊物資，直接去大樹基地待命。

他想趁明晚祭仙夜開始前，繼續利用阿舜假身，在仙村多晃幾圈，看能不能多查點東西出來。

說完，倪飛抬腳往前一踏，卻沒躍下，而是整個人消失不見。

眾人先是一呆，跟著醒悟，倪飛是通過貨櫃敞開的「門」，直接躍進陰間裡了。

跟著，姜洛熙也禮貌拒絕王小明的提議。

「我也打算去煉藥工廠陪阿給他們一起盯梢。」姜洛熙這麼說。

「喂！」王小明笑呵呵地說：「你該不會剛剛看太子爺給倪飛黃金尪仔標，怕被搶了風頭，所以故意在大家面前裝認真啊？」

「不是。」姜洛熙搖搖頭，說：「我有點擔心阿給他們，藥廠那大師兄很危險，昨天在民宿裡，我在二樓房間，大師兄進了一樓，他的氣息……非常凶猛，應該不輸四靈陰牌裡的魔血仔，不……應該比魔血仔更危險……雖然……亂糟糟的很奇怪。」

「亂糟糟的？」王小明問：「什麼意思？」

「這個嘛……」姜洛熙解釋：「他身上的魔氣很濃，但是毛毛躁躁的，我不太會形容……」

「那是人藥的效果。」韓杰這麼說，這段期間他與地府陰差協力，逮著不少人藥買家，這些買家的共通點，就是無法自在駕馭服用人藥後、突然獲得的巨大魔力，以致於氣息紊亂，難以控制力量，甚至連心智都受到影響——這點有好有壞，好處是惡鬼服用人藥後，仍需要花費一段時間學習控制這股力量，才能發揮真正實力；壞處是倘若有惡鬼因此失控，莽莽撞撞闖入陽世，很可能造成嚴重危害。

張曉武哼哼笑說：「所以那藥廠廠長，一邊煉藥一邊嗑藥，這樣可以嗎？他師父知道嗎？」

韓杰對姜洛熙說：「那你先回工廠盯著吧，有狀況就通知我。」

「好。」姜洛熙點點頭，走向停在角落的機車。

韓杰和張曉武、顏芯愛則嘰哩咕嚕地繼續討論，這兩天倘若買家真現身了，究竟要繼續放長線釣大魚，還是直接收網逮人。

王小明感到自己被冷落在一邊，拉高分貝嚷嚷說要替大家買陽世鹽酥雞跟奶茶，還掏出擬人針問張曉武跟顏芯愛要不要來一管，一起大快朵頤一番。

結果依舊沒人理他。

他便默默走出巷弄，獨自往熱鬧街區走去，一面氣嘟嘟地說：「口是心非的傢伙，明明就是看倪飛拿了黃金尪仔標，心裡急了，想表現就直說嘛！哼！大家都不理我，等下鹽酥雞我只買自己的份！你們都別吃！」

□

深夜。

姜洛熙坐在陰間公寓樓頂、後背倚著女兒牆，默默盯著手機。

鳳仔站在女兒牆沿，掛在胸前那只微型鏡頭，所攝畫面便即時呈現在姜洛熙手機螢幕上。

陌青在樓頂飄飛一圈，回到姜洛熙身旁坐下，她似乎無法適應長時間窩在同個地方盯梢的工作，沒幾分鐘就想起身飄浮遊晃一下。

「洛熙，你剛剛是不想跟那麼多人一起吃宵夜？」陌青將腦袋倚在姜洛熙肩上，和他一同盯著手機螢幕裡的陰間街道。「還是……像小明哥講的，不想被倪飛比下去？」

「……」姜洛熙盯著手機螢幕，說：「我不介意跟大家吃宵夜，也不覺得一定要比倪飛拿下更大功勞，輸給他又不會怎樣，只是……」

「只是什麼？」

「只是想快點過來這裡，這樣就可以跟妳單獨在一起了。」

姜洛熙這麼說時，轉頭望著陌青。

「什麼啦。」陌青似乎沒料到姜洛熙會這樣講，先是有些驚訝，跟著笑了起來，拍著姜洛熙肩膀。「你轉性啦，怎麼突然變得這麼浪漫？」

「這樣算浪漫嗎？」姜洛熙說：「我只是覺得跟妳在一起，比做其他事情有趣一點。」

「只有一點嗎？」陌青湊近到姜洛熙面前。

姜洛熙微微抬頭，望著前方漆黑鐵皮棚頂縫隙後面的天空。

這裡是陰間，天空沒有星星和月亮，只有黯淡血雲和陰森悶雷。

「怎麼不說話？」

「我在想怎麼比喻比較好。」姜洛熙又想了想，說：「就好像是……大海。」

「大海？」

「對啊，如果整片大海完全沒有風，看起來是不是平平的一片。」

「嗯，好像是耶，如果海上完全沒有風，也不會有浪，等等……海裡有洋流，不過洋流外表好像看不太出來……」

「每個人心裡的海都長得不一樣，有些人海面上動不動颳風下雨打雷閃電，可是我的海沒有那些東西。」姜洛熙緩緩說：「別人在吃喝玩樂、爭輸贏時，海面都會起變化，可是我的海一直很平靜……但如果有一天，海裡出現一隻鯊魚，鯊魚游到海面時，背鰭會露出水面，這時候我的海，就變得跟之前有點不一樣了，然後我就會把注意力，放在這條鯊魚身上。」

「什麼啦！」陌青忍不住哈哈大笑。「所以在你心中我是鯊魚喔，我才不要當鯊魚！」

她這麼說時，身子斜斜竄出，雙手豎在前方，做出魚兒游動的模樣，在頂樓「游」了一圈，又回到姜洛熙面前，說：「我不能當美人魚嗎？」

「可以啊，重點不是什麼魚，重點是……」

「我知道啦，我又不是笨蛋，我知道你對一堆事情都沒感覺，但是對我有一點點感覺，所以跟我在一起，才會有感覺，就像、就像……」

姜洛熙不等陌青想好比喻，直接接著說：「就像一個人眼睛看不見，就會更依賴耳朵，如果耳朵也聽不見，就會更依賴嗅覺和觸覺……」

「所以我們洛熙心裡那片海，沒有風沒有雨、沒有太陽跟月亮、沒有水母也沒有海龜……」陌青在姜洛熙面前擺出美人魚的動作。「只有我這條美人魚，對不對？」陌青說到這裡，仰頭想往上竄，想要做出美人魚破水飛空的動作，卻被姜洛熙一把拉進懷裡，緊緊摟住。

「幹嘛？你今天真的比較浪漫耶……」陌青本來還想說話，見姜洛熙伸手掩上她嘴巴，立時閉嘴。

姜洛熙睜大眼睛，盯著眼前手機螢幕。

手機螢幕上，一輛車輪飄動青藍鬼火的橘色跑車，停在陰間租賃公寓前。

車門揭開，下來一個少年，大搖大擺走進煉藥工廠。

「怎麼了？」陌青盯著姜洛熙手中螢幕，低聲問：「松弟？」

「對。」

松弟在煉藥工廠裡逗留了十餘分鐘，這才出來，左右手各自提著一個手提箱。他乘上跑車，引擎嗡嗡作響，車輪鬼火旋耀，唰地駛遠。

姜洛熙則早一步返回陽世，騎上機車，朝著松弟跑車前進的方向追去；後座的陌青則幫忙緊盯手機地圖上的定位訊號，替姜洛熙指路。

不久前，同樣駐守在陰間的螽叔，收到姜洛熙通知，稱松弟現身，便立時放出符蟲，帶著定位追蹤器，神不知鬼不覺地爬至跑車下方，將定位器裝在車底。

手機上的定位訊號，足足移動了半小時，終於停在一條產業道路旁。

陌青盯著手機地圖，說定位訊號旁有幾排鐵皮房舍。

同時，姜洛熙塞在左耳內的符籙耳塞也響起鳳仔的聲音：「洛熙，松弟提著手提箱走進鐵皮房子裡了。」

姜洛熙除了靠定位器追蹤松弟外，還派出鳳仔在陰間上空遠遠追車，這樣可以更加了解陰間周遭環境。

但姜洛熙的陽世機車自然遠不如陰間跑車快，此時距離定位訊號位置，還有將近十分鐘路程。

他繼續往山上騎了數分鐘，正吩咐陌青替他瞧瞧地圖上有沒有可供他造鬼門進陰間的建築或地形，便聽鳳仔說：「洛熙，松弟出來了、他上車了、他發動引擎了、他掉頭下山了耶……你還沒到嗎？」

「……」姜洛熙無奈停下，撥通韓杰手機，回報當前情況，問韓杰是要改監視鐵皮屋，還是繼續追蹤松弟。

「我人在鐵皮屋外，這裡交給我，你繼續盯著松弟。」韓杰這麼說。

姜洛熙先是訝異韓杰怎麼比他還快找著鐵皮屋，但隨即醒悟，自己一開始追蹤松弟跑車時，便要陌青代他定時回報松弟位置給韓杰。

韓杰那陰間代步工具「小風號」外觀上是重型機車，實際上是艘冥船，速度飛快絕倫。這段期間，韓杰也一直循著陌青回報的定位訊號前進，得知松弟車停在鐵皮屋外，便加速飛入山坡林間，抄捷徑直達鐵皮屋外山坡高處，蹲在樹叢旁往下望，見到在空中盤旋的鳳仔，也見到松弟自鐵皮屋出來後，上車離去前的一舉一動。

韓杰見鳳仔轉向往山下飛，知道姜洛熙已經動身繼續追蹤松弟，自己便在山坡高處觀察半晌，隱隱感到鐵皮屋內氣息出現波動，便摸出尪仔標往腳踝一按，令雙腳附上風火輪。

他悄悄奔下山坡，來到鐵皮屋窗邊，探頭偷瞧屋內動靜，只見鐵皮屋一張破桌前，圍著五、六個惡鬼。

桌上斜斜擺著一只揭開的手提箱，箱中橫七豎八擺著十餘支像是陽世提神飲料的褐色玻璃瓶。

惡鬼裡那身材最為壯碩高大的傢伙，一手輕撫胸腹，一手捏著一支空瓶，閉著眼睛像是在感受身體變化。

韓杰在鐵皮屋外也同時感應著那傢伙體內氣息變化。

遠處響起一陣重機引擎聲，鐵皮屋內的嘍囉聞聲奔出鐵皮屋，盯著一輛骷髏重型機車駛到鐵皮屋前。

後座顏芯愛一躍下車，從腰間抽出甩棍唰地甩開，和嘍囉們對峙半晌，正覺得奇怪嘍囉們怎麼沒反應，突然啊了一聲，取出馬面面具罩上腦袋。

同時，張曉武也撥開骷髏重機警笛開關，剎時警燈閃耀、警笛聲大作。

「瘋狗爺，陰差來了──」嘍囉們驚呼之餘，轉身往鐵皮屋裡跑，卻見屋裡不知何時多了個男人。

正是剛剛躍窗進屋的韓杰。

屋外，張曉武下車，取出牛頭面具戴上，喀啦啦地扳響手指，一副準備要開扁的模樣，他瞥見幾個嘍囉頭臉上的紋身，笑著說：「原來是春花幫瘋狗堂啊，聽說上個月你們跟黑狗堂狗咬狗，咬輸了，地盤都被黑狗堂啃光了，現在躲在山上買人藥吃，想報仇啊？」

幾個嘍囉你看看我我看看你，無人接話。張曉武也沒再多說，提著甩棍走上前隨手揪著嘍囉就是一頓暴揍。

屋裡，破桌後那高大壯碩的瘋狗堂堂主瘋狗，緩緩起身，長長呼出一口凶氣，抄起身旁一把矮凳，重重朝韓杰扔去。

韓杰隨手一拳，將矮凳打落在地。

瘋狗高高躍起，凶猛撲向韓杰，但韓杰猛一踏地，藉著風火輪之力竄起老高，騰空迴旋一踢，將瘋狗轟隆踹回原位，將那破桌連同桌上手提箱撞翻一地。

瘋狗驚慌摸找那散落一地的人藥，那些人藥瓶身子都帶著保護法術，不會輕易摔破，瘋狗摸著一瓶人藥，立刻揭開瓶蓋喝下肚，跟著摸著第二瓶、第三瓶。

韓杰也沒趁機打他，而是靜靜等待瘋狗將全部的人藥喝光後，這才又掏出三片尪仔標，雙掌一揉，左手抓著乾坤圈、右手拿著火尖槍，雙臂紅光繚繞，披掛上混天綾。

瘋狗眼耳口鼻溢出血氣，雙手大力扒抓胸腹，痛苦嚎叫，他剛剛人藥喝至一半時，就已經露出痛苦模樣，但仍硬撐著喝完剩餘人藥，此時腹中像是有千萬怪蟲噬咬他五臟六腑一般。

韓杰走上前，高舉火尖槍要抽打瘋狗屁股，瘋狗突然縱身躍起、咧開血盆大口，撲來要咬韓杰左肩。

韓杰像是早料到瘋狗會發動襲擊，正要躍開，卻感到身子不受控制，還主動伸出左臂，讓瘋狗大口咬住。

「喝……」韓杰愕然之餘，立刻知道是太子爺降駕了。「老闆？」

太子爺沒答話，也沒有下一步動作，而是控制著韓杰身子，靜靜讓瘋狗咬著胳臂，又過了數十秒，終於開口：「跟前幾天那傢伙相比，你覺得如何？」

「還是那傢伙更凶些。」韓杰回想前幾日與那人藥買家交手經過，此時他左臂雖然被瘋狗狠狠咬住，但在太子爺神力加持下，並不怎麼疼痛。

「但是那傢伙喝下的人藥，比這傢伙多了不少。」太子爺瞥著地板上那堆空瓶，喃喃說：「現在的人藥，比三個月前又厲害了些。」

「是啊。」韓杰苦笑，盯著眼前瘋狗緊咬他左臂的那張嘴誇張變形，一枚枚巨大利齒胡亂竄出，不像人也不像狗，像是受到輻射感染的怪獸嘴巴般。

「這藥一直在進化啊……」太子爺喃喃說，操控著韓杰肉身，左臂肌肉一繃，神力迸發，將瘋狗一口怪牙震得鬆脫碎散。

「你、你、你是……」瘋狗受到這神力威嚇，嚇得正要尖叫，韓杰那剛離開瘋狗嘴邊的左手，立時飛快向前掐住瘋狗臉頰，跟著，右手托起一隻金蟾蜍，塞入瘋狗嘴巴。

瘋狗全身被韓杰散發出的金光震懾，雙腿一軟，跪倒在地，只感到金蟾蜍擠過他食道，鑽入他胃裡蹦蹦跳跳。

外頭，張曉武和顏芯愛，已經制服幾個嘍囉，用繩索一個綁著一個，全拖進鐵皮屋裡，像是要等候太子爺發落。

「唔！」瘋狗見韓杰笑咪咪地湊近他，雙眼金光閃閃，嚇得渾身發顫。「你難道是天上那位……」

「對，我就是那天庭中壇元帥，我有話問你──」韓杰點點頭，喉間發出太子爺的聲音：「我看你在底下混得不怎麼樣，哪來的錢買人藥？你背後有人資助你？」

瘋狗支吾半晌，說：「我……我只是想報仇，那黑狗假裝跟我稱兄道弟，結果陷害我，搶我地盤、搶我兄弟、搶我女人……我，我要向他報仇。」

顏芯愛在一旁替瘋狗補充說明：「春花幫瘋狗堂跟黑狗堂，去年聯手打贏紅牛堂，三個月前瘋狗跟黑狗鬧翻、全面開戰，最後黑狗堂贏了，也吞下原本瘋狗跟紅牛大部分地盤。」

「對啊。」太子爺點點頭，望著瘋狗說：「你地盤沒了，嘍囉跟女人也沒了，怎麼還有錢買這人藥？」他見瘋狗眼神閃爍，像是想隱瞞什麼，立時瞪眼豎眉顯露怒容，雙肩後背金火繚繞。「晚點我帶你去城隍府喝『姜公茶』，你應該知道那是什麼玩意吧，要是到時候你的供詞跟現在不一樣，那有得你受了。」

「我說、我說……」瘋狗當然知道亡魂被帶進城隍府做筆錄時，會飲用姜公茶，喝下姜公茶的亡魂，身上會冒出隻九官鳥，將該亡魂生前死後一切事蹟行徑，如實道出——現時陰間雖有多種能夠應付姜公茶、偽造證詞的藥物，但姜公茶同樣每年調整茶葉和藥材，定時更新版本。

瘋狗上一次服用抗姜公茶藥物，是好幾年前的事了，因此他若被帶進城隍府，絕對瞞不過最新版本姜公茶的效力，莫可奈何下，只好招供：「前幾個月有個傢伙找到我，說願意資助我奪回地盤，他匯給我一筆錢，讓我買人藥，他說這些人藥，足夠我把黑狗生吞活剝……」

「所以那傢伙是誰啊？」太子爺掐著瘋狗臉頰的力道稍稍加重，同時也令背後金火更加炙熱。「我不喜歡人家賣關子，你一次講清楚。」

「我……我不知道那是誰！是真的！」瘋狗嚷嚷求饒：「我只見過他一次，那時他頭上戴著大帽子，裹著好寬的圍巾，還戴著墨鏡，根本看不清長相，他說他看中我的資質，願意投資我，當我的伯樂，他會出資替我報仇雪恨……」

「跟上一個傢伙講的差不多。」韓杰這麼說。

「是啊。」太子爺一聲冷笑，跟著右手飛快捏起一張銀色符籙，啪地貼上瘋狗額頭，瘋狗立時像是中了催眠術般睡倒在地。

韓杰手一揚，幾張銀符飛飄到顏芯愛和張曉武面前。「這是天庭催眠符，貼在這些嘍囉額頭上，能讓他們忘記剛剛發生的事。」

「是……」顏芯愛和張曉武聽太子爺吩咐，立時拿下幾張銀符，貼在嘍囉們額頭上，轉眼嘍囉們便全睡倒在地。張曉武解開捆綁嘍囉雙手的繩索，問：「所以『投資人』、『祕密金主』的傳聞是真的？」

顏芯愛也說：「所以『金主』跟『獵人』，該不會是同一批傢伙吧。」

「看來是了。」太子爺點點頭——

數個月來，陰間專案小組和陽世乩身接連破獲多處人藥工廠，逮獲大大小小的買家散客。其中那些大買家，都是陰間叫得出名字的人物，購買人藥的意圖自然是增強自身實力，成為新一代魔王，但離奇的是，當中有一部分購買人藥的散客，有些是名不見經傳的地方小角頭，差些的甚至是毫無勢力的孤魂野鬼，這些傢伙，都奉上遠超過自身地位、能力以外的金錢，購入當前道行完全無法負荷的人藥數量。

這些散戶供稱，有人願意替他們出錢買藥。

同時，一部分小型人藥工廠，也供稱他們本來的財力其實買不起燉人鍋，但有人願意出錢投資他們的工廠。

究竟是哪位或是多位金主這麼好心，目前尚不得而知，然而專案小組偵辦多時，又發現另一個情況——他們逐一追查人藥工廠帳冊上面那些小散戶，發現有一部分的小散戶下落不明。

在陰間，一條亡魂下落不明，是稀鬆平常的事，但這些小散戶，卻不是普通的亡魂，而是購入人藥的亡魂，這些亡魂要是吃了人藥之後失控，甚至溜進陽世，那可十分麻煩，因此在天庭特別關切下，地府動用十倍力量追查，果真找出某些線索——在陰間，還有另一批傢伙，四處襲擊那些購入人藥的小散戶。

專案小組替這批傢伙取了個代號——「獵人」。

「獵人加上金主，很好。」太子爺冷笑說：「相比之下，先前那些大買家實在太笨了。」

「是啊。」張曉武和顏芯愛互望一眼，明白太子爺的意思。

大買家購入大量人藥，是想成為一方之霸，然而這目標太過明顯，很容易就被神明乩身列為優先追緝的目標。

但如果事先挑選小角色、小幫派，出資供他們購買人藥，甚至自己買燉人鍋煉人藥，經過一段時間，再逐一狩獵那些服用人藥、道行倍增卻無法隨意控制的小散戶，同樣能夠令自己的道行快速倍增。

儘管這種方法不如直接服用人藥快速，但和那些身分清清楚楚被寫進帳冊裡的大買家相比，潛伏在暗處等待時機，狩獵那些吃下人藥的小買家，穩定增長道行，安全許多。

「過去，要修煉成摩羅、喜樂、啖罪那樣的魔王，千年只是基本。」太子爺冷笑說：「照現在這人藥步調案子發展下去，不出幾年，新的摩羅就會出現了，且可能不只一個。」

半小時後，瘋狗悠悠醒轉，見到嘍囉躺倒滿地，便上前踢他們屁股，將他們一一踢醒。

清醒後的嘍囉異口同聲，都說瘋狗大哥喝那人藥，越喝越醉，最後發起酒瘋，將小弟全打倒在地。

瘋狗抓抓頭，隱約也覺得好像有這麼一回事。

他望著自己雙手，鼓臂捏拳繃緊肌肉，只覺得一身道行氣力，增長了數十倍不止，要是他現在遇上黑狗，肯定能將他撕成兩半。

瘋狗在天庭催眠銀符的效力下，早已不記得數小時前見到太子爺、還被塞了隻金蟾蜍進肚子裡這件事，同時他那被神力震碎牙齒的怪嘴巴，也被太子爺施術修復，此時精神大好，巴不得立刻找著黑狗報仇。

因此，他自然不知道自己此時已經變成了「餌」。

用來引誘獵人現身的餌。

捌

其實夜裡在仙村巡邏的鬼山幫成員並不多。

因為鬼山幫成員本來就不多，如今接近六成的幫眾，都被分配進煉藥工廠裡，聽從七霸指揮，日夜趕工煉製人藥。

因此當阿舜主動向另幾名負責夜間巡邏的伙伴們，提出今晚願意代他們巡邏、填寫簽到表格，讓剛好弄到幾管擬人針的伙伴們，可以偷閒溜去陽世酒店玩耍時，那些伙伴們將阿舜當成球賽冠軍主角般，歡呼拋上空中數次，對他說，如果今夜時間充裕，會跑趟墓地弄點祭品零食回來給他。

此時接近午夜，鬼山幫巡邏幫眾們離去後，整座仙村便成了阿舜的私人樂園——

應該說，是倪飛的私人樂園。

倪飛離開貨櫃車後，快馬加鞭返回陰間破屋基地，替魄八怪整理小窩，帶齊物資返回大樹基地，從凌亂小桌上取起一副古怪墨鏡戴上，兩側鏡腳還垂著符籙綴飾；接著他拿起同樣貼有符籙、狀似遊戲手把的控制器，按了按控制器上幾枚按鈕。

羅漢氣呼呼地在倪飛腦袋上盤旋，罵著：「好慢啊，慢死了，你這蠢蛋跑去哪裡鬼混啦？」

「我沒鬼混，我是去和韓大哥他們開會！」倪飛得意洋洋地說：「太子爺還給我一個厲害的祕密武器，太子爺沒跟你說嗎？」

「我剛剛一直幫你顧著這臭東西，沒聽見太子爺和我說話！」羅漢飛到倪飛面前，蹬著一雙小爪子踢踹倪飛手上控制器的類比搖桿，嘰喳大罵：「你這工具是給人用的，不是給鳥用的，你看看我爪子這麼小，怎麼用這種東西？我得劈開腿、用，雙爪子揪著兩支搖桿，再用嘴巴啄按鈕，你知道這動作有多辛苦嗎？我全身都快抽筋了你知道嗎？蠢蛋！」

「好啦好啦！」倪飛不再理睬氣壞了的羅漢在他耳邊嘮叨不休，專注持著控制器，操縱「阿舜」展開行動——阿舜的真身猶自被關在混沌囚室裡。

倪飛接手控制的假身，動作和剛剛受羅漢控制時大不相同，先是在空中翻騰飛滾，連翻十數個筋斗，一會兒踢腿一會兒掄拳，猶如武林高手般。

倪飛過足癮後，稍微拉高符籙墨鏡，瞧瞧筆記本上的手繪小地圖上各處標記，都是他這兩天打算一探究竟的地方。

首先，是仙村最北處一棟三層高的白色公寓。

據說那兒是八寶仙姑的住所。

他操縱著阿舜，往白色公寓飛去，經過某處施工地點旁的鐵皮屋時，見到鐵皮屋外，有幾個仙村糾察隊員，圍著一個男人不停踢打。

男人抱頭跪伏在地上，一聲不吭。

糾察隊員左右架起男人，伸手在他衣服裡掏摸一陣，最終搜出一支手機。

糾察隊員裡一個帶頭大哥，名牌上寫著「隊長」二字，接過手機，然後揪起男人食指，用他指紋替手機開了鎖，點開相簿滑看半晌，然後重重搧了男人幾巴掌。

跟著那隊長大手一招，吆喝糾察隊員將男人架離工地，留在鐵皮屋裡那幾個工程組村民，一時不知所措，被架離的男人，似乎是這處工地的工頭。

倪飛好奇地操縱阿舜，跟著這批糾察隊員來到仙村南側那排公寓，那兒是民宿，或者說，是仙村替外地上山求見八寶仙姑的信眾們，打造的香客大樓。

糾察隊員將男人架進香客大樓地下室裡，阿舜也跟著進去，倪飛驚覺這香客大樓地下室，便是他這兩天目標之一——「牢房」，昨天他從其他鬼嘍囉口中打聽到仙村裡有處監牢，專門用來囚禁不信仙姑的傢伙們。

此時他操縱阿舜跟著幾名糾察隊員，一路飄到地下廊道深處，沿途經過一扇扇小鐵門，便隨意穿門瞧瞧裡頭，只見一半以上的小室裡，都囚著陽世活人。

糾察隊員將男人扔進最末一間囚室，鎖上門，對門上小方孔說明天等逵伯上山後，讓逵伯決定怎麼處置他。

倪飛默默望著糾察隊員離開地下囚室，思索該過來找這男人聊聊，還是先去白色公寓瞧瞧八寶仙姑究竟是何方神聖。

他再次拉高符籙墨鏡，瞧瞧手機上的時間，此時接近凌晨一點。

距離天亮，他還有很多時間。

□

陰間風林鄉立體停車場內，一個面貌猥瑣的矮小男人，從松弟手中接過一只手提箱。

矮小男人身後跟著三十餘名嘍囉，臉上大多戴著口罩，少數甚至帶著防毒面罩。

松弟皺著眉頭、持著手機，見人藥款項確實入帳，便收去手機，四處瞧了瞧，忍不住問：「黑狗哥，你這地方……怎麼有股味兒啊？」

「我也想知道！」黑狗眼睛一大一小，氣呼呼地說：「這幾天每天都有這臭味，現在這時候味道已經散得差不多了，要是再等幾小時，那味道才嗆，你如果好奇，可以留下來陪大家一起找那味道究竟到底從哪冒出來的！」

「不了。」松弟苦笑搖頭，說：「我只是來送貨給黑狗哥你，順便告訴你瘋狗的事。」

黑狗揭開手提箱，盯著裡頭十餘瓶人藥，問：「你剛剛說給我的這箱貨，比瘋狗那箱多四瓶？」

「是啊。」松弟點頭說：「我可以保證黑狗哥你喝完這箱人藥，碰上瘋狗，能把瘋狗當狗打。」

前幾個月，黑狗堂跟瘋狗堂歷經十餘場大小械鬥，最終都是人多勢眾的黑狗堂獲勝，但黑狗和瘋狗數次單挑，黑狗一次也沒贏過瘋狗。

因此黑狗一聽松弟通風報信，說瘋狗為了報仇，向他們鬼山幫訂了一箱人藥後，也急著向松弟下訂人藥，且一口氣訂了兩箱，今晚松弟帶來第一批貨，比瘋狗那箱多了四瓶。

「再遇見瘋狗，我何止把他當狗打……」黑狗盯著離去的松弟，揭開一瓶人藥，咕嚕一口喝盡，喃喃說：「我要吃了他……」

黑狗說完，摀著腹部感到肚子裡像是有火在燒，他漸漸覺得煩躁，怒吼一聲：「這味道……到底哪冒出來的？」他轉頭朝著一干嘍囉怒吼：「沒用的傢伙，我要你們找出這味道來源，你們找了幾天，什麼也沒找到！」

嘍囉們驚恐之餘，也莫可奈何，再次三五成群，對整座立體停車場展開地毯式搜索。

「哇，味道都跑進車裡了……」松弟坐進駕駛座，伸手在臉前搧了搧，發動引擎。

「早知道應該把車停在街上，飛進來交貨，臭死了，這到底什麼味道？屎？」

松弟碎罵著，踩足油門，加速駛離停車場。

□

「就是前面那棟？」

陽世，姜洛熙望著前方那棟七層樓華廈，十餘分鐘前，陌青在他後座確認跑車定位訊號再次停下，同時身處陰間高空追車的鳳仔，也向姜洛熙回報，松弟那輛跑車駛進這華廈地下停車場。

他將車停好，找了間有廁所的便利商店，開鬼門下陰間，再繞回那華廈對街。

只見整棟華廈正門外，站著幾個壯碩惡鬼，像是圍事般。

整棟華廈多數窗戶不是蓋著黑布，就是封上鐵皮或是木板，但封得並不嚴實，縫隙隱約透出五顏六色的光芒。

姜洛熙找了個隱蔽處，令陰牌三鬼派出符蟲，兵分三路，飛去華廈大樓窗邊偵察。三鬼指揮著三隻符蟲，探過十餘扇窗，令符蟲鑽過木板縫隙，擠近窗邊窺視內部。

三鬼異口同聲說，這棟陰間華廈是一間夜店，裡頭每戶客廳和房間，都聚著男女鬼客，喝著陰間美酒嘻笑起舞。

阿給指揮符蟲潛入華廈地下停車場，只見停車場裡也停滿陰間車輛，但都沒有松弟那台跑車漂亮。

「松弟又來送貨給客戶？他生意有這麼好？」陌青隨口問。

「可是……」阿給說：「我記得鳳仔當時回報說松弟走出煉藥工廠時，一手提著一個手提箱，他接連送貨給瘋狗跟黑狗，應該沒貨了才對啊。」

「不一定。」姜洛熙想了想，說：「他車子裡說不定也有貨，又或者在車上把兩箱分成三份也不是不行……」

「也是喔。」阿給問：「那現在怎麼辦，繼續等嗎？」

「現在除了等，也沒別的事可以做了……」姜洛熙這麼說，他起身開始尋找可以長期盯梢的位置。

「我這邊的窗子是破的。」銀鈴嘻嘻一聲，說：「我的符蟲從三樓進窗了。」

「我也找著一扇破窗。」螽叔說：「我負責找四樓。」

「你們等等我，我的蟲還在停車場……」阿給連忙指揮符蟲，開始在停車場裡爬找有無可以上樓的通道。

□

天亮之前，倪飛返回大樹基地，癱躺在地，想要在下一次天黑前，好好睡上一覺，然後打著十二萬分的精神，在今晚祭仙夜活動上，好好玩他一玩。

他躺了半小時，變換數個姿勢，總覺得有些亢奮，難以入睡——他操縱阿舜忙了一整夜的經過，猶自歷歷在目。

那個被關進囚室的工地男人，原本是名建築師，為了一件建築案子，趁暑假帶著妻兒來風林鄉度假兼考察，誰知兩個孩子像是中邪般，說話、動作都怪異莫名，帶去診所也找不出病因，最後在逵伯指點下來到仙村。

男人在仙村待了幾天，漸漸感到不對勁，他覺得妻子活脫像是電影裡被邪教蠱惑的信徒般無法溝通。但他不怪她，因為他知道仙村大部分村民，都抵抗不了那藥湯效力。

而他是那極少數人之一，那藥湯對他起不了太大作用。但他也沒有因此造反，而是小心翼翼假裝迷藥有效，主動成為仙村一分子，目的是找機會帶兩個孩子逃出仙村——先前他便曾嘗試過逃跑，但失敗被捕。仙村幹部們看在他在知名建築事務所工作、參與過某些大工程，正是明年仙村打造「仙宮」計畫裡的最後一塊拼圖，因此多給他一次機會，讓他繼續待在工程組，徹底反省之後，再讓他參與「仙宮」設計——達伯希望在仙村蓋起一棟不下各大知名廟宇的「八寶仙宮」，好進一步傳揚八寶仙姑的名聲、吸納更多信徒。

男人的手機一開始就被沒收了，不過他行李夾層裡還有另一支備用手機，他知道手機沒有SIM卡還是可以撥打緊急電話報案，只是他先前半夜逃跑失敗之後，兩個孩子便改由老婆照顧，此時整個仙村包括妻子都站在仙姑那邊，即便他找著警察，但如果全村異口同聲說他壞話，他可百口莫辯，自然別想討回孩子。

男人默默參與一些建物工程，找機會拿出備用手機暗中蒐證，直到他鬼祟拍照的行徑被糾察隊員發現，進而被搜出手機、痛打一頓，又剛好被倪飛操縱阿舜瞧見為止。

當時，男人被關入囚室之後，萬念俱灰，想起祭仙夜達伯上山後，有可能下令對他動刑——他曾親眼見過一個和他一樣對藥湯沒反應、不願效忠仙姑、也沒有一技之長的傢伙，被達伯喊來糾察隊員，按在井邊割腕放血，足足放了十餘分鐘。

他不知道那傢伙後來怎麼了，因為他早一步被帶離現場，扔回囚室反省幾天，才重新被派回工程組。他只知道後來再也沒見過那被強制放血的傢伙。

男人站在囚室門後，輕握著鐵門方孔上的欄杆。

囚室裡沒有銳利物，但他只要脫下衣服，穿過鐵門欄杆，綁住脖子——和被壓在井邊放血相比，這樣自我了斷，感受上會更好還是更差？

就在他牙一咬，做了決定並要付諸實行時，倪飛在他身後現身了。

倪飛要男人別怕，說自己潛伏在這裡，是為了瓦解這個邪教組織，救出所有被蠱惑的村民。

男人問倪飛是不是警察，倪飛說不是，但真實身分不方便透露，只希望男人提供更多仙村情報，男人也一五一十地道出自己身分，以及整段前因始末。倪飛要男人別擔心，乖乖聽他的話，這樣他和老婆孩子都能得救。

倪飛見男人半信半疑，便說自己可以先讓他與兩個孩子團聚，男人又驚又喜，從口袋取出一張全家福照片，說照片裡的女人孩子，就是他老婆及一對兒女。

倪飛收下照片，轉身鑽入角落一處牆洞，這可讓男人驚訝極了，驚呼自己怎麼沒發現牆角還有個洞，他連忙也跟上去，鑽過牆洞，進入一條古怪隧道，隧道曲曲折折，前頭已不見倪飛身影。

男人流了一身大汗，爬到隧道盡頭，只見前頭擋著一扇小門，門還上了鎖，倪飛已不知去向，只好循著原路，爬回囚室等待。

數十分鐘後，倪飛回到囚室，對男人說，孩子救出來了，正在某處等著他。

倪飛的做法簡單粗暴，他先操控阿舜找著食堂組宿舍，穿牆檢查每間房，排除掉沒小孩的房間之後，只剩下三間房裡有孩子，其中一間是兩個女孩，第二間只有一個男孩，第三間兩個孩子一男一女，一齊睡在上下鋪床的上鋪，年齡和長相特徵，都與男人全家福照片上的模樣相符。

至於下鋪，則睡著男人妻子。

確定位置之後，倪飛用最快的速度挖掘混沌通道進房，甩出混天綾直接捆了兩個孩子就跑，他綁著孩子奔過混沌通道，返回囚室，進入一間三坪大的混沌房間，這是他操控阿舜探路時，順手造出的房間——房間裡簡單擺了幾樣簡易紙紮家具，角落甚至還有馬桶和洗手台。

倪飛將兩個嚇到哭得稀里嘩啦的孩子扔上床，收去混天綾，繞回囚室，帶男人循著剛剛牆洞那條混沌小隧道，來到盡頭那扇小門前，開門進房，讓男人與孩子團聚。

倪飛說自己還有事要忙，隨即開門返回小隧道，隔著門吩咐男人在這兒耐心等待，明天一早他會帶食物和飲水過來，為了安全起見，他會將門上鎖。

跟著，倪飛又花了點功夫，從外頭替男人房間內的馬桶和洗手台接上混沌管線，連接至整棟民宿的管線系統，最後塞了台混沌儀維持房間運作後，總算呼了口氣，繼續打探仙村其他地方。

陸

「洛熙、洛熙，醒醒。」陌青搖了搖姜洛熙。「松弟上車了。」

姜洛熙睜開眼睛，見四周漆黑一片，不禁發愣，但隨即想起自己仍身處陰間華廈附近隱蔽處待命。

他連忙起身，想繼續追蹤松弟，但突然停下動作，看看手機時間，此時已是隔天中午，今晚就是仙村祭仙夜。根據先前嘍囉口供，鬼山幫裡不論是七霸、松弟還是黑姬，甚至包括師父白尾，平時藏身住處都不在仙村，畢竟招募陽世活人成立邪教組織這行徑太高調了。平時分居他處，才能在神明使者攻入仙村時，有充裕的時間逃離風林鄉。

昨晚松弟進入華廈之後，一直沒出來，三鬼各自指揮著符蟲潛入夜店，阿給那符蟑螂剛潛入二樓不久，就被夜店酒客發現，還將一名青面獠牙的女鬼，嚇得變幻成生前俏麗模樣，跟著阿給便再也收不到符蟑螂的訊號——想來是讓其他鬼客踩爛了。

鑫叔的符金龜鞘翅被夜店鬼燈一照，閃閃發亮，鑫叔擔心被身懷道行的鬼發現有異，便主動令符金龜化成灰燼。

銀鈴那隻符蛾倒是探得了重要情報，那符蛾雙翅斑駁褐灰，伏在陰間夜店裡那爬滿黑黴的牆上，有如擁有天然擬態，行動雖慢，但沿路暢行無阻，最終在六樓發現了松弟的身影。

松弟坐在角落圓桌，左右各坐著一名妖艷女鬼，他托著酒杯，與女鬼談笑嬉鬧，不像是送貨，更像是普通的酒客。

松弟便這麼和女鬼喝了兩輪酒，然後摟著兩個女鬼起身離座，一路來到七樓——七樓內不像底下每戶房門大開、群鬼吵鬧喧囂，大都房門緊閉，門上還寫著門號，有點像是陽世旅館。

松弟開了七〇九號房，摟著兩名女鬼進房，直到剛剛才帶著女鬼踏出房門，與她們吻別之後，來到停車場駕車離去。

「他直接下樓，沒有去哪邊歸還鑰匙？」姜洛熙這麼問。

「對。」銀鈴說：「我的符蛾一路跟著他，他出來之後，直接下停車場開車。」

姜洛熙盯著手機上那跑車定位訊號開始移動，轉頭望向華廈——那間七〇九號房，即便不是松弟真正住處，也極有可能是他個人重要據點之一。

「你想進去瞧瞧嗎？」阿給問。

「嗯，很想。」姜洛熙點點頭。

「那就去吧。」銀鈴呵呵笑地帶著阿給和螽叔，自四靈陰牌躍出。

此時三鬼裝扮和平時截然不同，銀鈴濃妝艷抹，一身紫紅色禮服；螽叔穿著喇叭褲和牛仔外套、還戴著墨鏡和長假髮，像是個老嬉皮；阿給梳了個三七分油頭，衣著是白襯衫配吊帶短褲，踩著一雙皮鞋。

三鬼整夜在陰牌裡輪流操控符蛾監視七〇九號房門動靜，見松弟在房裡待這麼久，出門時還換了套新衣，這七〇九號房極有可能是他住處或是重要據點，知道姜洛熙必然想進去探探，但這陰間無分晝夜，因此即便此時陽世為白晝，但那夜店仍持續營業，鬼客不減反增，且這陰間華廈的電梯是封死的，所有夜店客人上下樓都得走樓梯通道，姜洛熙深入其中，有被發現是陽世活人的風險，因此三鬼早早討論好潛入這華廈夜店的方法——就是偽裝成夜店客人，裝扮盡量醒目，且找機會惹點事端引人注目，掩護姜洛熙上樓。

姜洛熙也捻出香灰，往身上多補兩記能夠隱匿陽氣的咒術，以免被鬼嗅出他身上人味。

為了裝得更逼真些，銀鈴對姜洛熙和陌青也施下變裝幻術，先替姜洛熙罩上一身素色斗篷，讓他看來更加低調些，接著卻替陌青換上一套火紅小禮服，和自己那紫紅色禮服彷如姊妹裝扮——銀鈴說，陌青和自己一組，負責引走男鬼注意，螽叔負責找人麻煩、阿給負責搗蛋。

一人四鬼便這麼浩浩蕩蕩進入那華廈夜店。

銀鈴和陌青所及之處，響起一聲聲口哨；阿給口袋裡藏著一大堆蟑螂，這兒扔兩隻、那兒扔三隻，女鬼尖叫聲此起彼落；夆叔佯裝酒醉，動輒掀桌搗亂，一連打了好幾場架。

姜洛熙便趁著這東一陣、西一陣的連番混亂，暢行無阻地來到七〇九號房門前，他伸手輕按房門，儘管看不見裡頭，但能夠感應出房中無鬼。

他捏出混天綾尪仔標，按在鎖孔上，令混天綾鑽入鑰匙孔，喀啦開了鎖——這招是韓杰教他的，他在陽世用過數次，今天是他第一次在陰間施展這招。

他開門進屋，三鬼和陌青也緊跟著進入七〇九號房，阿給放出幾隻符蟲在外把風，然後關門上鎖。

這七〇九號房，其實是兩房一廳兩衛的整戶格局，裝潢倒是雅緻，有許多陰間先進電器產品。銀鈴和陌青在更衣室裡揭開數個大衣櫃，見裡頭衣服琳瑯滿目，甚至有許多情趣性虐服飾，不禁瞠目結舌。

陰間住民正常情況下不需要上廁所，因此大多將衛浴改作他用，松弟也是如此，他主臥房裡的浴室，沒有馬桶和盥洗設備，而是擺著一座大保險箱。

姜洛熙蹲在那保險箱前，用混天綾嘗試半晌，卻開不了鎖，阿給拍拍他的肩，豎起拇指頂頂胸口——陰牌三鬼都是開鎖能手，他們當年替師父收回陰牌，許多人都會將陰牌藏在保險箱裡。

但這陰間保險箱顯然不簡單，阿給忙了半晌，喊來銀鈴幫忙，銀鈴嘗試數次，又喊來烏叔幫忙。

姜洛熙也任由他們忙，自個兒來到主臥室桌邊，隨手抽出一本本筆記，突然見到其中一本紅色日記，上頭竟還有個小鎖。他開不了陰間保險箱，但這小鎖卻難不倒他，他開了鎖，翻了幾頁，發現這紅色日記本不像是日記，而是計畫書——是松弟為了將來自立門戶、創立屬於自己的「松王幫」計畫書。

這本計畫書開頭，就將師兄七霸和師姊黑姬數落了一頓，松弟覺得七霸既蠻橫又無腦，遲早會惹出麻煩；黑姬則太過優柔寡斷，難成大事；至於師父，儘管過去確實幽默、和藹又有本事，令人折服，但自從認識「夢妹妹」以後，性情變得古怪又多疑。

松弟覺得繼續待在鬼山幫裡，永遠只能當七霸和黑姬的師弟，他想要當老大、當師父，收一堆手下或是徒弟，如果可以的話，最好全是美艷女鬼。

姜洛熙繼續往下翻，只見計畫書裡，詳載他在陰間結識的各種勢力——他在鬼山幫裡負責人藥推銷和送貨，現有鬼山幫的客戶都與他熟識。

姜洛熙聽見身後喀啦一聲，回頭，保險箱終於打開。

保險箱裡有幾樣陰間珍寶、兩本帳本，及近百瓶人藥。

「哇，這小子原來私下藏了一堆人藥啊。」阿給拿起一瓶瓶人藥檢視，跟著又拿起兩本帳本翻了翻，好奇問：「這是什麼？帳本？為什麼有兩本？」

「兩本帳本？我看看。」銀鈴拿過兩本帳本併擺在一起，只見一本封面寫著「鬼山幫」，另一本封面寫著「松王幫」，跟著她同時翻看兩本帳本，一頁一頁比對，回頭與螽叔相視一笑。

「原來如此。」姜洛熙探頭過去瞧了瞧，明白松弟偷藏在保險箱裡的人藥是怎麼來的了——由於鬼山幫的人藥業務和送貨都由松弟負責，因此他在與某些散戶進行交易時，對客戶和師父的報價略有不同，例如他開了個價碼給瘋狗，瘋狗要十二瓶人藥，他上工廠向七霸調貨時，卻說這筆訂單要十四瓶，當中兩瓶就進了他自己口袋。

當然，倘若他在價碼上也動點手腳，那落入他口袋裡的除了人藥之外，也有錢了。

「還能這樣啊？」陌青聽姜洛熙解釋這兩本帳本的意義，好奇問：「這樣不會被發現嗎？」

「要是一般公司，應該沒辦法這麼簡單幹這種事，但是……」姜洛熙翻開紅色筆記本，簡單歸納松弟寫下的那些關於師兄師姊甚至是師父的壞話，說這或許是因為鬼山幫內分工簡單，大師兄七霸平時只愛打架、討厭算數，最初主動負責管理那煉藥工廠，也是為了可以優先享用人藥；師姊黑姬和七霸意見不合，平時躲在山中製作迷藥，很少露面，或許早有其他計畫；至於師父，除了祭仙夜會出聲說兩句話外，平時幾乎不管事，陰間市面上人藥是什麼價碼，他也懶得管，一切由松弟說了算。

「總之……」姜洛熙說：「他都有自立門戶的打算了，應該也做好被發現的心理準備了吧。」他說到這裡，拿起手機看了看，只見松弟跑車訊號，已經來到仙村，他今早出門，果然是去參與今晚的祭仙夜。

「那現在我們要做什麼。」阿給問。

「先把兩本帳本內容都拍下來，傳給芯愛姊，讓陰差去追查這些買家。」姜洛熙左顧右盼。「然後我們再仔細找找屋子裡還有沒有藏其他東西……」

□

松弟駕著跑車，駛至陰間仙村一戶矮房前停下。

幾個負責把風的鬼山幫嘍囉一擁而上，其中三個嘍囉持著清潔劑和大毛巾，等車剛停穩便俐落擦起車來。另兩個嘍囉佇在駕駛座前，等松弟開門出來，左邊嘍囉捧上一支雪茄，松弟微笑搖指拒絕，從口袋掏出一只銀盒，揭開取出一支更加高級的雪茄，隨口咬去尾端一角，叼在嘴裡，那嘍囉也立時取出打火機替松弟點燃雪茄；右邊嘍囉奉上一把黑傘，同樣被松弟拒絕。

松弟一身淺褐色西裝，披著黑色風衣，拿著一頂黑色紳士帽往頭上一戴——陰間遮陽物五花八門，具備遮陽功能的服飾是基本中的基本，拿傘遮陽，太老氣了。

他叼著抽著雪茄，走入前方矮房，矮房角落有面長鏡。

松弟從口袋掏出防陽噴霧，往臉上噴了幾下，加強遮陽效果，然後踏進長鏡，來到陽世仙村。

陽世仙村早上陽光普照，物流組的組員忙碌地在兩輛小貨車前卸貨，將一箱箱新鮮食材送去食堂組；食堂組的組員從天沒亮就開始洗菜、備料，準備今晚祭仙夜的晚宴——仙村對飲食要求頗為講究，餐餐都有豬肝、牛肉，搭配南瓜、菠菜、莧菜等含鐵蔬菜，甜點則是一大碗紅豆湯。

即便三餐加上宵夜甜點都吃大量補血食材，一個月數次的祭仙夜，還是令大部分仙村村民臉色有些蒼白、行動也略顯無力。

松弟叼著雪茄走出陽世仙村矮房，來到北面一棟白色公寓，一縱身飛上樓頂。這白色公寓樓頂面積不大，擺著上百盆花花草草，像個小花園。

「師姊——」松弟向站在頂樓女兒牆後的黑姬大聲打招呼。

黑姬戴著漆黑斗笠，撐著把黑傘，也沒回頭，只是「嗯」了一聲。

「妳仔細看過那些陽世活人的樣子嗎？」松弟來到黑姬身旁，笑呵呵地問：「這樣下去可以嗎？」

「大概不行吧。」黑姬淡淡說。

「所以……」松弟說：「一個月獻血三、四次，應該還是太多了，要是惹出麻煩、搞出人命，我們還能像現在這樣悠哉嗎？」

「你跟我說這個幹什麼？」黑姬冷冷說：「你不敢直接跟他說嗎？」

「呵呵……」松弟乾笑兩聲，抓抓頭，回頭望向頂樓水塔——大師兄七霸就坐在水塔頂，身後還站著兩個小女鬼，一個替七霸捶背、一個端著水果盤隨侍在旁。

「是啊。」七霸哈哈一笑，說：「怎麼不直接跟我講。」

「大師兄……」松弟來到水塔下，向七霸鞠了個躬，跟著一躍上頂樓，蹲在水塔角落，笑呵呵地說：「所以，大師兄覺得沒問題囉？」

「有什麼問題？」七霸冷笑說：「你這小松鼠進城幾年，化成人形勾搭女鬼，學人上夜店，現在也開始擔心陽世活人安危了？」

「我不是擔心他們安危……」松弟苦笑說：「我只是覺得現在生意剛剛步上軌道，

還不夠穩當，要是操之過急，一下弄死太多人，被天上神明盯上，這不是挺麻煩嗎？」

「哼，這個地方又不是沒弄死過人。」七霸不屑說：「這破地方，我早待不下去了，那人藥這麼好用，要是早聽我的，煉多少全吃下肚，我們早是一方之霸了，要是有過去摩羅、喜樂那種實力，錢這種東西，要多少有多少，我們何必拿藥換錢，多此一舉！」

「可是……」松弟摸摸鼻子說：「師父說這人藥雖有力量，但若我們道行跟不上、控制不了這種力量，吃太多可能適得其反……」

「那是你控制不了，我可不一樣。」七霸轉頭望著松弟獰笑，右手緊握成拳，碩大拳頭黑筋浮凸，透出雄渾魔氣。「你看，跟上個月相比，那時兩個我，還不如現在一個我；現在兩個我，又不如下個月一個我——我不過每天開鍋時嚐幾口、驗驗貨，每個月就能翻一倍，要是全下肚，哼哼、哼哼……在這陰間，還有誰擋得了我？」

「哇，每天嚐幾口就變得這麼厲害，真不簡單……」松弟表面附和，心底卻頗為不屑，他認為大師兄說的「每天嚐幾口」，應該是一瓶算一口。他笑了笑，說：「我覺得大師兄說的也是有點道理，但是……也得師父同意才行，還是我們再和師父商量一下？」

「師父……哼！」七霸不屑瞪著遠方。「和他商量事情，也得他老人家肯露面才行吶，他多久沒露面了？最近祭仙夜，他也只開個視訊和我們打聲招呼，就急著下線繼續泡他的澡了，他現在除了泡澡之外，就是和他的夢妹妹說話，我們說什麼，他聽得進去嗎？」

「唉……」松弟苦笑起身，伸了個懶腰，望向遠方，大師兄這話說的沒錯，師父這兩年確實愈漸古怪；大師兄前幾句話也沒錯，他確實每個月都強過上個月許多，但同時大師兄的性情，也和過去差異極大——前幾年松弟最喜歡騎在大師兄肩上，要大師兄揹著自己在山間上竄下跳，但現在別說騎他肩了，就算和他說話，都說得膽戰心驚，彷彿一不小心說錯話，他那壯碩厚實的拳頭，就會砸在自己臉上。

「怎樣，要不要跟著我？」七霸突然壓低聲音，微笑瞅著松弟說：「我有工廠，你有客戶，單靠我們兩個就夠了，不是嗎？」

松弟微微一驚，驚的倒不是七霸有這念頭，因為他早知道七霸這想法，但他不知七霸竟直接當面問他，且黑姬也在場——黑姬距離他倆，不過十來公尺，精明的她，肯定聽見了吧。

「我問過她了。」七霸見松弟害怕地偷瞧黑姬，笑著說：「她沒答應，還罵了我一頓。」

「……」松弟思索半晌，一時不知究竟該怎麼答才好，他力氣比不上大師兄、腦袋比不上大師姊，唯一的優勢，就是說話比這對師兄姊討喜太多，因此一直由他負責招攬客戶。

他腦袋飛快轉動，似乎認真思索自己單幹，和與大師兄合作，究竟孰優孰劣，他雖沒黑姬聰明，但也不是笨蛋，他很快想通，與大師兄合作，那和現在在鬼山幫裡當個「小師兄」，其實也沒有太大分別。

大師兄受人藥影響，性情愈加不可控制，在鬼山幫裡，要是大師兄失控，應該也會先拿黑姬開刀，要是單單自己與他合作，先別說過不過得了師父那關，要是哪天大師兄看自己不順眼，一拳掄過來，那可叫天不應、叫地不靈了。

松弟雖然也想有朝一日自立門戶當大王，但他並不魯莽，知道現在還不是時候，因此他雖私藏了近百瓶人藥，但他連喝都不敢喝，生怕被七霸嗅著身上帶著人藥氣味，對他起了疑心。

「可是……」松弟試探地問：「大師兄，你不是說……拿人藥換錢多此一舉嗎？這樣的話，幹嘛還跟我合作？我是賣藥的……」

「傻瓜，你以為你只能賣藥？」七霸笑著說：「你有我沒有的本事，你很會談生意，你能幫我很多忙——不過那都是其次，你不覺得，我們這麼辛苦幹活，師父卻定期奉上大批藥給那騷狐狸，你不覺得很諷刺嗎？」他這麼說的時候，突然站起身，像是老鷹抓小雞般，一把揪住松弟後頸，跟著往前一躍，唰地蹲在黑姬身旁女兒牆沿上，望著底下村民。

「我們老笑底下那些人蠢，但現在的師父跟底下那些傢伙，到底有什麼差別？」七霸說這話時，還拉高分貝，像是刻意講給身旁的黑姬聽一般。

松弟被七霸揪著後頸，大氣也不敢喘一聲，腦袋一片空白，本來他覺得服食大量人藥的七霸，即便力氣變大十倍，但論靈巧應當不如他，要是起了衝突，他打不贏七霸無妨，能逃得了就好——但現在看來，要是七霸想殺他，他極可能逃不了。

現在的七霸，似乎和師父不相上下了。

「放下我們的小松鼠吧。」黑姬冷冷說：「你把他嚇壞了。」

「哦？」七霸看看松弟，見他嚇得眼眶都微微發紅，像是快哭了般，大笑數聲放下松弟，拍拍松弟的肩說：「膽子這麼小，以後怎麼跟我幹大事？」

「……」松弟接不上話，七霸這麼說，像是絲毫不考慮他的意向，直接將他視為手下了。他望向黑姬，問：「師……師姊的看法呢？」

「我的看法從沒變過。」黑姬淡淡說：「我幾年前百般提醒師父，以陽世人血煉藥風險極大，你們還站在師父那邊。」

七霸哈哈大笑，說：「我不是站在師父那邊，我只是覺得妳不像蛇，而是像鼠，膽小如鼠，怎麼成大事啊！妳再怎麼反對師父拿人血煉藥，但師父一聲令下，妳還是乖乖上山抓蟲採草，製迷藥幫他蠱禍信徒……」他說到這裡，倏地翻下女兒牆，站在黑姬身旁，大手一伸，輕捏住黑姬後頸，說：「妳什麼都怕，卻不怕我？妳覺得我沒師父凶？還是……」

他說到這裡，突然縮回手，只見虎口正反面，各多出兩枚血點。

黑姬頸上，若隱若現攀著一條黑蛇。

「放心，沒有毒。」黑姬冷笑說：「我替師父煉迷藥，是因為我知道要是沒有迷藥控制底下那些人，你們也不會罷手，而是用更粗暴的方法來張羅人血，那樣情況會變得更糟。我待在鬼山幫，只是想幫師父最後一把，我不想看他鑄下大錯、惹禍上身。畢竟他救過我的命，我想報答他——雖然我漸漸覺得，現在的鬼山幫已經沒救了。」

「我們……」七霸扭扭脖子、拗起手指，說：「上一次打架是什麼時候的事了？」

「六、七年前吧。」黑姬說：「你四條胳臂被我折斷三條，被我勒著脖子差點斷氣，幸好師父插手，否則現在這個地方，也沒你的事了。」

「那現在呢？」七霸捏緊拳頭，全身魔力緩緩溢出。「妳還能再折斷我胳臂嗎？」

「聽說你後來又多煉出兩條、還是三條胳臂？」黑姬冷笑說：「你想留下幾條？先說，我考慮看看。」

「妳折折看啊……」七霸獰笑著向黑姬伸出他那粗壯大臂，胳臂上筋脈浮凸，一塊塊肌肉如同堅岩。

「啊！」松弟尖叫一聲，說：「是師父的鈴聲，師父在找我們！」

七霸和黑姬微微側頭傾聽，果然聽見樓下傳來叮鈴聲響。

拾

三人下樓來到白色公寓三樓。

白色公寓三樓沒有隔間，整個寬敞空間裡立著幾根樑柱，樑柱上纏著符籙麻繩，四周靠牆的一座座小桌、立架上，擺著稀奇古怪的塑像和法器，天花板也垂著一串串紙折吊飾，布置得像是電影裡的神祕祭祀道場——實際上也確實是如此。

然而這古怪道場內中央，卻有張日式矮桌，桌上擺著一台筆記型電腦，與四周環境格格不入。

「來啦？」逵伯站在矮桌旁，一見七霸等人下樓，立時朝他們招手。「白尾師父找你們開會呢。」

逵伯手上拿著一只繫著符籙繩結的道鈴，剛剛樓頂那鈴聲，便是從這只道鈴發出。

「怎麼今天這麼早？」七霸嘿嘿笑著說：「師父之前不都是到獻血儀式前，才露臉和我們說幾句話嗎？」

「這次不一樣……」逵伯胳臂上還裹著石膏，「我昨天猶豫一整天，還是不放心，夜裡燒符問白尾師父今晚祭仙夜是不是取消比較好……師父想和大家討論討論。」

「取消?」七霸和黑姬、松弟互視一眼,加快腳步來到矮桌筆電前。

筆電螢幕上,是一個外觀看來六十餘歲的中老年人。

老人那頭烏溜長髮紮成馬尾,一雙眼睛銳如利劍,兩道濃眉好似砍刀,鷹勾鼻子底下是八字鬍,左右鬍尾還俏皮地向上鬈曲一整圈,下巴長鬍則是編成十餘公分長的麻花辮子。

他正是鬼山幫首領——白尾。

白尾透過筆電螢幕上的攝影鏡頭見到七霸等人,立時迫不及待地問:「你們來啦,快幫我看看,哪條領帶好?」他這麼說時,雙手分別捏著一條紅色領帶和藍色斜紋領帶,對著鏡頭發問:「我今晚和夢妹妹約會,該打哪條領帶?」

「……」七霸三人走到矮桌前,各自盤腿坐下,盯著螢幕裡白尾手上的領帶半晌,松弟搶先開口:「師父,我覺得紅色那條好。」

「紅色好?為什麼?」白尾問。

「紅色……比較搶眼。」松弟回答:「而且……比起那藍條紋,更能凸顯師父您新編的鬍辮子——那藍色有點深,鬍子看不清楚。」

「確實。」白尾對著鏡頭搖頭晃腦,他那頭也能同時看見自己的視訊畫面,但他仍然猶豫,起身離座半晌,回來時,除了剛剛那紅色領帶外,還另外挑了四條領帶,繼續追問：「那和這四條比，哪條更好。」

「哦，我看看……」松弟挪了挪身子，湊近螢幕細瞧，臉上表情有些微妙，像是後悔剛剛自己搶著答腔。黑姬默默低著頭，不發一語。七霸則望向遠處窗外，像是在憋笑。

逵伯站在一旁，一會兒抓頭一會兒摸臉，還不時低頭看錶，像是在苦惱白尾師父怎麼還不進入正題，只顧著討論領帶顏色。

四十分鐘後，白尾與松弟在經過無數次討論過後，終於在鏡頭前，將一條金黃色領帶繫上頸子，還問眾人好不好看。

「好看！」松弟大力拍手，他的笑容有些僵硬，歡呼說：「真是太好看了，這條領帶和師父的新造型實在太相配了！」

「我還是覺得剛剛那條綠色好看點。」七霸突然這麼說。

「喝！」松弟愕然轉頭，不敢置信地瞪著七霸，不懂七霸為何在這節骨眼上來這一句，這可會讓師父將剛剛幾十條領帶全拎回來重新考慮。

「綠領帶好看點？」白尾咦了一聲，起身找回剛剛那綠色領帶，回到座位前湊在頸子旁和金黃色領帶比較，隨口對鏡頭說：「對了，阿逵啊，等等你吩咐下去，今晚讓村民提早獻血。」

「啊！」逵伯聽見白尾突然點名他，可嚇了一大跳，驚叫：「什麼？師父？你決定繼續舉辦祭仙夜？不是說要和七霸師兄他們討論？」

白尾揪著綠色領帶湊在鏡頭前與頸上的金黃色領帶比較半晌，又起身捧來剛剛被淘汰那堆領帶，當真逐一比較起來，還喃喃說：「我是找他們討論我今晚該穿什麼去見夢妹妹，不是討論祭仙夜要不要停辦這種蠢問題。」

「是啊。」七霸笑著附和：「祭仙夜辦得好好的，幹嘛停辦？」

黑姬也轉頭望著逵伯。「是你向師父提議停辦祭仙夜？」

「是……」逵伯說：「我覺得有點不對勁……」

「哪裡不對勁？」黑姬問。

「他本來盯上隻肥羊。」七霸搶著替逵伯回答：「那肥羊有個女友，說女友身上附了隻女鬼，還把他的手給打斷了……」

「是啊。」逵伯點點頭，將與姜洛熙碰面那天的事情，簡單和黑姬講了一遍。

螢幕那頭，白尾對逵伯的敘述絲毫不感興趣，繼續和松弟討論那條金黃色領帶，是不是真適合今晚約會。

「最奇怪的是，我養在地下室裡櫃子裡的那些鬼，莫名其妙全不見了。」逵伯那麼說：「還有七霸師兄派去盯著那同學的兩個手下，這兩天也失蹤了……」

「是啊，但那又怎樣？」七霸摳摳耳朵，不以為然地說：「不過就少了兩個嘍囉罷了——我猜是那兩小子跟蹤肥羊時被女鬼發現，他們見女鬼太凶，不敢繼續跟蹤，又怕回來被我修理，乾脆一走了之；不過也有可能他們和女鬼打起來，打不贏，被女鬼宰啦！至於你櫃子裡那些鬼……真是笑話，你那破法術也叫養鬼？根本小孩辦家家酒，你櫃子裡那些東西連進我藥廠裡工作都沒資格，跑光就跑光，有什麼大不了的？為了這種屁事停辦祭仙夜？你不知道我們最近生意越來越好？」

「不只是這樣！仙村也出了點事情。」達伯說。

「出了什麼事？」黑姬問。

「今兒個我剛來，糾察隊跟食堂組就跟我回報，仙村裡少了人。」達伯說：「是個工程師和他兒子女兒……」

「阿達啊，有村民逃了，應該是你的責任不是嗎？」七霸冷笑兩聲，瞪著達伯：「結果你卻要師父停辦祭仙夜？」

「不……不是的，大師兄，你聽我說……」達伯著急說：「我這兩天老是想起先前那小子，怎麼想還是覺得很古怪……我有些陰間朋友和我說，天庭那中壇元帥找了個年輕小子來當他下一任乩身，我在想會不會……」

「哦？」七霸倒是聽出了興趣。「你說中壇元帥太子爺找了新乩身？原本那個大戰過摩羅的傢伙……我記得他姓韓對吧？他不幹了？」

「不。」逵伯說：「那姓韓的還是現役，最近風聲傳得很大，好多藥廠跟買家都被抄了，這波不少陰間狠角色，就是被那姓韓的收拾掉的，所以我才想，我們是不是乾脆休息一陣子，等風頭過去……」

「不必。」白尾突然高聲否決逵伯提議，他說：「夢妹妹昨天才拜託我，希望我們提高產量，她說她最近和一批傢伙搭上線，那些傢伙最近也被陰差抄了，手邊只剩下一批燉人鍋，想便宜出清，夢妹妹今天約我碰面，就是談這件事，我怎麼能讓她失望呢？」

「師父……」黑姬轉頭望向螢幕。「就算我們真接手這批燉人鍋，但用來煉人藥的材料就這山上幾百人，逵伯頂多每個月多送幾個人上來，還是不夠我們煉藥，我們總不能強擄人上山吧？」

「為什麼不能？」七霸冷笑，對著螢幕說：「師父需要多少材料，我就替師父擄多少材料上來。」

「看。」白尾瞪大眼睛盯著鏡頭，說：「黑姬，多學學妳大師兄。」

黑姬低下頭，默默無語。

「不過嘛……師父。」七霸乘勝追擊，說：「我替你找材料、替你煉藥，之後新一批燉人鍋，額外多產出的藥，是不是該多留點給咱們自家人用，可別又和之前一樣扣下六成給那……夢妹妹呀。」

「大膽！」白尾怒眼圓瞪，厲吼一聲：「『夢妹妹』是你叫的嗎？這三個字，只有我能叫，其他人都不能這樣叫她！誰再喊那三個字，我剝了他的皮！」

「是，徒弟下次不敢了……」七霸臭著臉點點頭。

「至於人藥，我答應夢妹妹了。」白尾說：「從下個月開始，不管新鍋舊鍋，燉出來的藥，七成歸夢妹妹，一成給我，剩下兩成你們拿去賣，賣得的錢一半給我，剩下一半你們自己分。」

白尾說完，見三個徒弟都沒反應，又是勃然大怒：「你們聾了，沒聽見師父說話？」

「聽見了。」七霸摳摳耳朵，說：「師父要多少藥，我就煉多少藥，不過現在最重要的是——師父允許我跳過阿逵，直接下山找材料？」

「行吶，只要能生出藥來，你想擄誰都行，不用特別向我報告了……」白尾瞪眼瞅著鏡頭笑，兩隻眼睛透出妖異紫光，嘴上兩抹鬈曲翹鬍，都微微透出魔氣。

「是！那我現在就回去召集嘍囉商量，怎樣替師父找更多的材料、煉更多的藥。」

七霸起身，向螢幕鞠了個躬，縱身穿牆離去。

「黑姬師姊……」逵伯望著黑姬，顫抖地說：「直接下山『找材料』，這樣……好嗎？」

「師父覺得好就好囉。」黑姬起身，也向螢幕鞠了個躬，隨即離去。

「那師父你忙你的，我也……」松弟也想走，卻被白尾喊住——

白尾連今晚該繫哪條領帶去見那「夢妹妹」，都還沒做出最終決定，等等還有西裝、衣褲、拐杖、皮鞋、眼鏡、提包等衣著飾品，都想聽松弟意見。

□

「靠北喔，那傢伙有完沒完？」倪飛盤腿坐在大樹基地內，一面吃著零食，一面盯著手機裡松弟盤坐在矮桌前，和白尾討論今晚赴約穿著樣式——距離七霸和黑姬離去，已經過了快一小時，白尾終於同意松弟替他千挑萬選出的那套白襯衫搭褐色條紋西裝，說配剛剛那條金黃色領帶，似乎還算合適。

接下來，白尾拿來十幾雙襪子，對著鏡頭，要松弟仔細看過每一雙材質和顏色，說還是松弟眼光好，不像他師兄師姊，一點時尚品味都沒有。

「謝謝師父讚美……」松弟的眼淚在眼眶裡打轉，他很想走。

倪飛也看到快吐了，將零食包裝扔進垃圾袋裡，上了廁所漱了漱口，出來倒頭伏在桌邊空位處，閉目養神，喃喃罵著：「媽的騷包老狐狸浪費我時間，早知道七霸、黑姬離開時，我就應該來睡覺，根本不該花一個小時看他們討論約會穿什麼衣服！」

「蠢蛋！」羅漢飛在倪飛腦袋上方，嚷嚷罵著：「你怎能偷懶，這是我們第一次親眼見識鬼山幫首領本尊啊，你應該仔細記下他們每一句話！」

「記你個大頭鬼喔。」倪飛說：「你剛剛不是也一直在聽？你覺得什麼『金黃色領帶才能凸顯師父黑鬍辮子的俊俏、白襯衫可以彰顯師父的幽默睿智跟紳士風度……』這些狗屎廢話，有記下來的意義嗎？」

「你這不就記下來了嗎？」羅漢煞有其事地說：「我覺得很有意義啊！松鼠小弟眼光確實不錯，講得也挺有道理，他挑的那套咖啡色西裝，真的比之前的藍西裝好……」

「夠了！」倪飛惱火大罵：「不要再跟我講西裝跟領帶了，我聽到要吐了，我到快天亮才睡覺，睡沒多久就被你挖起來聽這些怪胎講幹話，你讓我多睡一下，晚上有重要行動啊！」

「誰教你半夜不睡覺，跑回破屋基地去陪臭狗玩！」

「我不是去玩，我是去準備祕密武器。」

「你說太子爺給你的祕密武器？」

「不是，是我昨晚想到的另一項祕密武器。」

「是什麼？」

「是祕密啦……」倪飛閉眼說：「別吵我，我要睡了。」

「你真要睡覺？」羅漢問：「如果他們講完西裝，開始講重大陰謀怎麼辦？」

「那你幫我記下來啊！」

「哼！明明就是偷懶……」羅漢落在手機前，像是追劇般，繼續盯著松弟向白尾說明每款襪子的顏色意義，不時點頭稱是。「這松鼠小弟真的好懂打扮啊。」

「老兄你聽就聽……不要接話……」倪飛碎碎罵著，抽出衛生紙揉成兩團，塞進耳朵裡，找了個較遠的位置蜷縮躺下，閉目養神。

昨晚他安置好建築師和孩子後，又操控著阿舜假身，一路摸進這白色公寓。

白色公寓一樓大門深鎖，裡頭像是待客廳，掛著一張張八寶仙姑的照片和畫像，每一幅照片或是畫像裡的八寶仙姑，脖子圍著五彩繽紛的絲巾，頭上戴著頭飾，垂下白紗，遮住大半張臉，只露出口鼻，右嘴角下方生了顆痣。

一樓通往二樓的樓梯，兩端各有一道鐵門。也就是說，一個陽世活人從白色公寓外進入公寓二樓，必須通過三道鐵門。

還好阿舜不是人，是鬼魂的假身。

白色公寓二樓客廳，是簡單的起居廳，主臥室裡有張床，床沿坐著一個身形消瘦的中年女人，默默望著窗外。

女人頸子箍著一圈鐵鐐銬，鐐銬另一端，牢牢鎖在床頭牆上。

倪飛控制阿舜繞去女人前方，從她嘴角那顆痣，確認這中年女人就是八寶仙姑。

他驚覺八寶仙姑的雙眼，直勾勾地盯著他。

他微微一驚，轉動控制器上的類比搖桿，令阿舜挪移位置，但八寶仙姑一雙眼珠子，依舊緊跟著阿舜，甚至隨著阿舜移動而轉頭。

八寶仙姑看得見阿舜。

倪飛忍不住捏起墨鏡鏡腳垂下的綴飾，湊近口邊，喃喃說：「妳看得見我？」

那綴飾能將倪飛的聲音轉化成阿舜的聲音，從阿舜假身嘴巴發出

「喔？」八寶仙姑並未回答倪飛的問題，而是略顯驚訝地反問：「你是誰？」

「我……」倪飛立刻說：「我是仙村夜間巡邏隊員，我叫阿舜……」

「你不是阿舜。」八寶仙姑瞪大眼睛說：「如果你是那些山魅們的手下，不可能不知道我是誰。」

「我……我知道妳啊。」倪飛說：「妳是仙村大頭目八寶仙姑，但妳怎麼會被鎖

在這裡？」

「哼哼。」八寶仙姑笑了笑說：「你果然不是那些山魅們的手下，所以連我為什麼被鎖在這裡都不知道……」

「那……」倪飛試探地問：「妳可以告訴我……他們為什麼鎖著妳嗎？」

「可以吶。」八寶仙姑說：「但你得先告訴我你是誰。」

「我……」倪飛思索半晌，總覺得只因八寶仙姑這幾句話，就將自己身分全盤托出，未免不夠謹慎，因此他臨時瞎編了個身分，說：「妳聽說過春花幫嗎？我替春花幫冰哥做事。」

「春花幫冰哥？」八寶仙姑咦了一聲，說：「你是說苦水堂的閻冰老大？」

「沒錯，就是冰哥。」

「在這圈子裡，誰不知道春花幫吶，冰哥的大名我也早聽過了，但是……」八寶仙姑瞪大眼睛呆愣半晌，喃喃說：「為什麼冰哥會派人過來看我？」

「冰哥這兩年生意越做越大，最近聽說這座山挺有意思，派我上來探探這位八寶仙姑到底何方神聖，是不是真的像傳聞說的那麼厲害，他想評估一下有沒有合作的機會，不過……」倪飛藉阿舜的口說到這裡，頓了頓，指著牆上那鎖鍊，說：「這是怎麼回事啊？」

八寶仙姑沉默半晌，苦笑地說：「只能怪我識人不明……」

「識誰不明？」

「你知道這裡有個叫張逵的傢伙嗎？」

「我不知道。」倪飛其實知道，但他想聽聽八寶仙姑怎麼說。

八寶仙姑說她和張逵過去向同一位師父學習陰陽異術，她長張逵兩歲、早他三年入門，算是張逵師姊。她專注認真，張逵卻偷懶散漫，她花費數年盡得師父真傳，練就一身絕妙異術，張逵卻成天勾搭女鬼瞎聊鬼混。

後來師父意外過世，她與張逵各奔東西。又過數年，不學無術的張逵學人炒股，賠盡家產，流落街頭，偶爾打零工賺點飯錢，最後厚著臉皮找她幫忙。

她那時在鄉下經營命理工作室，表面替人相命卜卦，私底下和某些陰間朋友也有些生意往來，她靠著師父傳授的幾種奇異符籙，頗受老主顧們喜愛。

當時某個小幫派一口氣向她訂了上百張符，那符可不是捏起筆蘸了墨就能寫，而是要靠修行道行，將自身靈力灌注至墨裡、刻畫入符中，她本以為張逵也能幫上點忙，所以收留張逵，誰知那張逵不但道行淺薄，連符怎麼畫都忘了。

當時她看師弟可憐，依舊讓張逵在工作室裡幫忙打雜。自己獨自趕工，偶爾抽空教張逵溫習過往所學異術。

當時她那小工作室在地方上算小有名氣，時常也有些陰間朋友過來串串門子，其中也不乏三教九流之輩，惹上麻煩，上門拜託她出手相助。張逵看她調停那些陰間傢伙們之間的糾紛，也不時開口出點主意。久而久之，張逵就和那些傢伙混得熟稔，甚至會私下約那些鬼朋友喝酒聊天，平時絞盡腦汁思索怎麼利用這陰間人脈撈點好處。

某一天，鬼山幫找上她，提議與她合作幹點大事。

當時她見鬼山幫幾個帶頭的都是山魅，而非人魂，覺得他們與人始終有些隔閡，絕非長久合作的對象，便拒絕了。

誰知張逵那傢伙私自與鬼山幫達成協議，將鬼山幫交給他的符水，摻進她平時慣用的水壺裡，破解了她那身修煉多年的護體道術，令鬼山幫黑姬得以順利附上她身。

她在黑姬附身操縱下，帶著變賣房產所換得的全部財產，來到風林鄉，購入一間老房經營民宿，以她的名義招募信徒，利用迷藥和話術雙管齊下，慫恿信徒們在山間買地蓋屋，一步步經營成如今的仙村。

「這些傢伙除了舉辦祭仙夜，慫恿信徒獻血之外，也會對我定時餵藥，抑制我身上靈力，還會抽取我的靈力，加進他們藥裡，增加賣相……」八寶仙姑說到這裡，望著阿舜。「你剛剛說，冰哥想找我合作，對吧……」

「不是跟妳合作，是跟仙村合作。」倪飛這麼糾正八寶仙姑。

「不！別跟那些傢伙合作！」八寶仙姑急切地說：「那些蠢東西根本成不了大事，跟我合作吧，我有師父真傳，修得一身絕妙奇術，我保證能幫上冰哥大忙。冰哥也在玩人藥對吧……我告訴你一個祕密，那些東西雖然抽取我的靈力煉藥，但他們並不知道，我的靈力有多種變化，我能幫冰哥煉出最好的藥，我還能告訴你那老狐狸的祕密，幫冰哥宰掉這些傢伙，接收他們的工廠、接收整個仙村。」

「老狐狸什麼祕密？」

「那老狐狸在水井裡造了條管子，那是一條只有他自己看得見的管子。」

「有這種事？」倪飛儘管事前已猜著水井裡可能有造有混沌管線，但直到此時，才從八寶仙姑口中證實了這一點，他問：「那管子有什麼用？」

「那管子呀……」八寶仙姑滔滔不絕地講述鬼山幫頭目白尾，造了混沌水管，將村民獻進井裡的鮮血引至山下，轉送進煉藥工廠，因此這兩年即使陰差屢次收到風聲，前往陰間仙村巡邏，卻什麼也找不著。

倪飛耐著性子聽完這部分他早已知道或是猜著的片段，對八寶仙姑說，冰哥這幾天就會對鬼山幫展開行動，要她先別急，到時候他會帶幫手過來，解開她脖子上的鐐銬，還她自由。

八寶仙姑說，若真如此，她願全心全力助冰哥取得天下。

拾壹

傍晚六點五十分，陽世風林鄉停車場，貨櫃車廂內其中一面螢幕上，地府人藥專案小組幹部——俊毅城隍，對直屬部下張曉武和顏芯愛，下達了攻堅行動進入倒數階段的指示。

上午，韓杰與專案小組，收到了姜洛熙在松弟住處搜出的買家名單，以及倪飛回報的偵察結果，確認這次仙村和鬼山幫的調查行動，差不多可以收網了。

此時此刻，姜洛熙和大隊陰差已經埋伏在人藥工廠周邊，分別駐守在陰陽兩地待命，就等俊毅一聲令下，就對人藥工廠展開攻堅。

六點五十五分，仙村裡熱鬧非凡，在經過逵伯宣布祭仙夜正式開始、帶頭吟咒祝禱、眾人跪拜祈福、分食仙姑加持菜餚、欣賞幾齣慰勞仙姑的歌舞表演後，進入最高潮的階段——獻血儀式。

數百名村民人人手持一只量杯，在數張長桌前排成十條隊伍，讓「取血組」的組員在胳臂紮捆止血帶、持棉花消毒、塗抹特殊藥液、扎上蝴蝶針，以膠帶固定。

蝴蝶針的針尾連著一條細管，組員會將細管另一端放入村民手中的量杯，讓村民返回座位。

繫在蝴蝶針上的符籙，作用是替代真空針筒，讓鮮血更順暢地循著細管流入量杯；扎針前塗抹的特殊藥液，除了麻醉止痛外，也能讓針頭拔除後，皮肉上的針孔迅速癒合，藉此降低村民的不適和戒心。

返回座位的村民們，會一面虔誠祝禱，一面盯著量杯，待杯中鮮血抽至約莫三百毫升時，便自己拔起針頭，交還給抽血組，然後捧著量杯，進入鐵皮祭壇內。

祭壇中央，就是那口水井。

水井上堆著一圈鮮花，四周點著蠟燭，八寶仙姑穿著一身白衣，戴著雅緻頭飾、垂著面紗，站在水井後方，身旁跟著幾名同樣穿著白衣的少年少女，等候村民上前獻血。

一名名村民托著量杯，來到水井前，說出對八寶仙姑的愛與感恩，將鮮血往井裡倒，然後繞至水井另一側，接受八寶仙姑的祝福，最後熱淚盈眶地離去。

此時八寶仙姑身中，附著松弟。

八寶仙姑昨晚對倪飛說，每到祭仙夜，黑姬便會附上她身，藉她的口妖言惑眾、盜她神力施展神蹟，將一票信徒哄得死心塌地。

但不知怎地，今天上午與白尾的視訊會議過後，黑姬便不知去向，因此張逵只好拜託松弟附身八寶仙姑，以免八寶仙姑趁機作亂。

「……」倪飛窩在水井旁的混沌空間裡，持著手機，透過操控阿舜安裝在祭壇內的監視鏡頭，瞧著村民們獻血過程，然後從口袋掏出那張黃金尪仔標，輕輕一揉，揉成一隻小小的黃金蟾蜍，摸摸他的頭，將他放進一條混沌管線入口，對他說：「上吧，小蟾蜍。」

金蟾蜍咯咯兩聲，頭也不回地鑽入混沌管線。

這條混沌管線另一端，就是水井內部。

用這方式放蟾蜍入井，比喬裝成村民獻血，將蟾蜍藏在血裡，排隊往井裡倒，要方便且安全多了。

倪飛正得意自己妙計多端，突然驚覺自己似乎遺漏了一件重要的事——他將金蟾蜍放入混沌管線時，忘了讓金蟾蜍吐出昨晚那張金線地圖。

「糟糕！」倪飛連忙朝著混沌管線入口嚷嚷。「回來，小蟾蜍，你沒有留地圖給我，我怎麼追蹤……」他還沒說完，只見混沌管線入口處微微亮著金光，他好奇伸手一捻，捻起一條金絲，正覺得奇怪，那金絲自動在他食指上打了個蝴蝶結。

下一刻，倪飛哇了一聲，感到眼前重疊起另一個畫面。

那是金蟾蜍眼中所見畫面——一條紅通通的水道，更精準來說，倪飛眼前的景象，猶如水上樂園滑水道管徑內部畫面一般。

獻血儀式開始時，水井內那條引血管線的「門」也同時開啟——這點和倪飛先前設想相同，村民倒入井裡的鮮血，並不會落到井底，而是通過引血管線的「門」，直接流入管線。否則鮮血流入枯井，滲入土裡，那至少損失了大半以上。

倪飛盤坐在混沌空間，閉起眼睛，專注凝神感受金蟾蜍眼前那條蜿蜒曲折、彷彿沒有盡頭的暗紅水道。

不知過了多久，四周出現變化，先是一陣青白光芒刺眼亮起，倪飛本能地想要閉眼，隨即發覺自己雙眼本來就是閉著的。

跟著，他看見了起伏的紅色波浪、看見了聳立遠方的白牆，那白牆一塊一塊……原來是浴室磁磚，至於紅色波浪，則是流入浴缸的鮮血。

下一刻，他的視野快速向上飛升，見到四周亮起星星點點的金黃光芒，一枚枚光點與光點之間，還牽連著極細的金絲，猶如一團巨大的立體星象圖——倪飛立時明白，這是那金蟾蜍躍出混沌管線之後，化為無數沙粒大小的金色小蠅，每一隻小蠅都像是一台空拍機，彼此間有金絲相連，將畫面通過金絲，傳回至倪飛腦海裡。

此時的倪飛，像是駕駛著其中一台空拍機，四處張望，立時明白「自己」身處在一間浴室上空。

外頭響起古怪歌聲，倪飛對這聲音有些耳熟，畢竟他不久前剛聽過。

是鬼山幫首領，白尾。

浴室裡那耀眼的金色小蠅瞬間熄去光芒，整個浴室恢復成原先那白中帶點青的日光燈光顏色，但倪飛知道那些小蠅並未消失，而是隱匿住了氣息——這般快絕反應，讓倪飛不禁想像太子爺此時此刻說不定也指揮著其中一隻小蠅，甚至是率領著整團蠅群，與他一同偷窺白尾動靜。

白尾穿著一襲絲絨浴袍，左手提著一壺茶，右手托著一只茶杯，哼著過時情歌，往浴室走來。

倪飛咦了一聲，指揮小蠅飛至浴室高處，只見浴缸水龍頭，正潺潺流出鮮血。白尾將紅茶和茶杯放在浴缸旁一張小凳上，正準備解開浴袍，突然又想起什麼，轉身走出浴室。

「哈，八寶仙姑說的沒錯，這老狐狸真用人血來泡澡！」倪飛哈哈笑著，一面指揮小蠅追了出去。

浴室外是客廳，布置得突兀古怪，有新穎的家電，也有數十年前的櫥櫃桌椅和燈具，每件家具、擺設都風格迥異、中西交雜、新古並列。其中一面牆上，甚至掛著一個大得詭異、不像是用於民宅室內的大時鐘。

這鬼山幫首領或許喜好廣泛但品味獨特，看什麼東西喜歡，也不管和其他東西搭不搭，一股腦兒全塞進家裡。

白尾從櫥櫃裡取出一盒餅乾，搖頭晃腦地走回浴室，此時浴缸裡的鮮血還不到整個浴缸容量三分之一，仙村裡的村民們仍排著長長隊伍往井裡獻血。白尾坐在浴缸邊緣，拉低浴袍，露出胸膛，舉著手機不停自拍。

「嘿嘿！」倪飛睜開眼睛，轉身提來一只五公升的露營儲水箱，那是他昨晚見完八寶仙姑後，二度返回破屋基地忙了半天，帶回來的祕密武器。

他在儲水箱的水龍頭處捏捏揉揉，捏出一條混沌管線，和剛剛放金蟾蜍入井的管線連接起來。

「這就是你說的祕密武器？」羅漢在倪飛身旁嚷嚷不停。「到底是什麼？」

「你自己看啊。」倪飛捏起食指金線蝴蝶結其中一端，像是拉麥芽糖般拉長，纏上羅漢頸子，打了個蝴蝶結，問：「看得見嗎？」

「哇！我看見了！這裡是哪裡？」羅漢興奮驚呼。

「這是老狐狸的賊窩。」

「你不是要讓我看你的祕密武器？」羅漢問。

「祕密武器正要出動了，你不要急。」倪飛這麼說，然後旋開儲水箱出水龍頭。

倪飛再次閉目凝神，讓意識回到白尾那兒的小蠅身上，只見白尾仍坐在浴缸邊緣，敲著手機，像是在向誰傳訊息。

倪飛見白尾對浴室裡漫天小蠅渾然未覺，便也大著膽子指揮小蠅飛近白尾手機，只見他手機螢幕上是通訊軟體介面，通訊對象正是他那「夢妹妹」——

「夢妹妹，我正在泡澡呢，我會泡得香噴噴的去見妳。」

然後，白尾放下手機，踩進已經半滿的浴缸，倒了杯紅茶輕啜一口，又捏起塊餅乾吃下，愉悅地哼起歌。

倪飛即便僅是透過這小蠅感應白尾那頭動靜，也能清晰感應出此時白尾身中氣息起伏流動，他以人血泡澡，顯然不僅僅是泡澡那麼簡單，而更像是在練功。

浴缸鮮血超過一半，白尾坐起身，腦袋搖了搖，下巴那騷包翻辮子倏地伸長一甩，甩至浴缸旁洗手台上鏡櫃，揭開鏡面門板，從鏡櫃裡捲下兩只褐色瓶子。

那是人藥，倪飛去貨櫃車開會時，曾在車內螢幕上見過這褐色人藥瓶子。

白尾揭開兩瓶人藥倒進浴缸，隨手將空瓶拋入洗手台，閉著眼睛繼續哼歌，身上氣息流動愈漸激昂。

倪飛想起姜洛熙曾說大師兄七霸身上氣息亂糟糟的，大夥兒那時猜測是因為大師兄在煉藥工廠吃了不少人藥，但此時白尾氣息儘管有些起伏激烈，大致仍算是穩定，或許這與白尾原先道行便高過大師兄許多，因此能夠抑制人藥副作用，且白尾此時這看似優雅的「攝取」方式，似乎也比揭開瓶子就往嘴裡灌要來得高明些。

「蠢蛋！你的祕密武器呢怎麼還沒出現？」羅漢開始不耐煩起來。「我們到底要看這老壞蛋洗澡到什麼時候？」

「嘖……我也想知道，奇怪……怎麼那麼慢？堵住了嗎？」倪飛盯著水龍頭，心中又是焦急又是期待。

水龍頭源源不絕的血水，突然開始變黑。

「來啦！」倪飛哇地握拳尖叫。

羅漢被倪飛突如其來的尖叫嚇得振翅撲飛。「什麼來了？啊？水怎麼變黑色了？」

白尾躺在浴缸閉眼哼歌，雙手像是樂隊指揮般虛空亂舞，跟著哇嗚嗆咳一聲，雙眼大睜，愕然盯著眼前不停流出黑水的水龍頭，跟著像是受到極大驚嚇，猛地飛竄上空，雙手雙腳扭曲撐著牆壁夾角，對著水龍頭拔聲尖吼：「這是什麼東西？這味道……嗚嘔哇！」

白尾話還沒說完，撐著牆壁狂嘔起來。

「哇哈哈哈！」倪飛笑得東倒西歪。

「啊！」羅漢見到白尾這副模樣，陡然醒悟，也尖笑大叫起來：「你的祕密武器是臭狗的大便水！」

「沒錯！」

「你昨天半夜跑回破屋基地，就是專程去拿臭狗大便回來臭他？」

「沒錯！」

一人一鳥擠在水井混沌空間裡笑得東倒西歪，只見白尾撐在牆壁狂嘔數次，手一滑落進浴缸，像是落進滾湯中驚恐尖叫，嘩啦翻出浴缸，將紅茶、手機撞翻一地，全身沾著糞血發狂尖吼：「呀——這是屎？為什麼會流出屎來？」白尾一面怒吼，一面關上水龍頭，從地板摸起手機，一陣猛按，接起就罵：「張逵！你們那裡在搞什麼鬼？」

「白尾師父？」電話那端的張逵一時還不知道發生什麼事，戰戰兢兢地問：「怎……怎麼了？」

「水井那兒發生什麼事？」白尾持著手機怒吼：「為什麼我這兒會流出糞水啊！嘔——」

「啊！糞水？怎麼可能……」

倪飛聽張逵聲音又慌又急，睜開眼來，瞧瞧手機上祭壇裡頭的監視畫面，只見張逵奔到水井旁，推開一名正欲往水井倒血的村民，搶過他手中量杯檢視翻看，又打開手機手電筒往井裡照，還壓低身子仔細瞧，卻什麼也沒看見——倪飛替儲水箱水龍頭接管線時，刻意將管線造得更長，伸入白尾混沌開口裡，讓糞水直接從混沌空間流進另一個混沌空間，並未接觸陽世空氣，因此張逵當然什麼也看不到、聞不著。

松弟附著八寶仙姑身子，問：「怎麼回事？」

「師父說……」張逵見一票捧著量杯的村民困惑盯著他，便朝他們揮手，嚷嚷說：「你們先出去！等仙姑指示！」他將村民趕遠，才湊近八寶仙姑耳邊說：「師父說……他那邊流出糞水……」

「什麼？」松弟愕然附著八寶仙姑，也伏下細瞧水井內部，同樣什麼也沒看見。

張逵手機那端，繼續傳來白尾的怒吼：「我全身沾了屎，臭得要命，怎麼去見夢妹妹……嘔！」

濺滿血水和糞水的浴室裡，白尾一面怒罵，一面拿起蓮蓬頭，揭開另一只水龍頭開關，用清水清洗身上糞水，跟著還探手進浴缸，拔起塞子，讓混著糞水的褐色血水流走。

跟著他又想起什麼，連忙又撥了一通電話，嚷嚷對電話那端說：「這批血有問題，別送去工廠！」

「嗯？」倪飛哦了一聲，像是從白尾話中聽出什麼，他凝神感應浴室裡其他小蠅位置，很快察覺其中一批小蠅，已循著血水流入浴缸中的排水管線，他立即將畫面切換至進入排水管線裡的小蠅。

十餘秒後，小蠅隨著髒污血水流入一只陰暗大桶，倪飛指揮小蠅飛出大桶，只見四周是一處四方空間，裡頭有幾個鬼山幫嘍囉，正蹲在架高的大桶旁，捧著小桶對準大桶底部的水龍頭，準備承接血水。

一個嘍囉接著白尾打來的電話，一時還不明白什麼意思，便聽見大桶旁接血的嘍囉怪叫起來，跟著連連乾嘔。

「師父說這批血有問題，不能送去工廠！」

「哇！這什麼味道！」

幾個嘍囉騷動起來，似乎再也忍受不了醜八怪大便氣味，推開一扇門，逃了出去。倪飛指揮小蠅追了出去，只見外頭是一條暗巷，巷口處還停了輛車，也站著幾個鬼山幫嘍囉。

這兒是距離仙村山腳不遠一處廢棄老社區，倪飛瞧瞧門內那奇特空間，再瞧瞧樓上窗戶漆黑一片，像是久無人居，立時明白，剛剛那布置突兀的藏身處，連同底下的接血房間，都是白尾造出的混沌空間。

每次祭仙夜，仙村村民獻入井裡的鮮血，會循著混沌管線流入山腳下白尾藏身處的浴缸，讓白尾舒舒服服泡個澡、練練功，再流入下方的混沌密室儲血槽，讓嘍囉們將鮮血分裝成數桶，送去煉藥工廠。

倪飛撥了通電話給韓杰，說：「韓大哥，我查出鬼山幫首領的藏身處了，給我兩分鐘比對一下地圖，告訴你詳細位置……」

「不用了。」韓杰笑著回答。「我已經在附近等著了。」

「什麼？你怎麼找到的？」

「我有地圖啊，你昨天不是看過？閃閃發亮的那個。」

「啊！」倪飛猛然醒悟——他手指纏著金蟾蜍留下的金絲，便能夠直接看見金蟾蜍眼前所見之物，那張金絲地圖，原來不是給他用，是給韓杰用的；那金蟾蜍本來就是從小文的蛋裡蹦出來的，小文多下顆蛋給韓杰，韓杰自然就有地圖了。

不久前金蟾蜍流入白尾浴缸、化身無數小蝌時，韓杰也見到地圖上訊號開始閃耀，立時下陰間，乘著小風號直達白尾住處附近，再開鬼門返回陽世待命。

「現在的問題是……」韓杰說：「我沒看見白尾啊，他不在陰間也不在陽世，他躲在混沌裡？」

「對，他用混沌打造了藏身處……」倪飛說：「我昨晚沒睡覺準備那桶祕密武器，就是想把他逼出混沌，可是……他好像還死撐著，他現在在洗澡……」

倪飛邊說，將意識切回仍留在白尾浴室裡的小蠅身上，只見白尾氣急敗壞地一手持蓮蓬頭沖洗浴缸和地板，一手持著肥皂往頭臉亂抹，邊罵邊抹肥皂邊沖水，足足洗了半小時，這才濕淋淋地奔出浴室，來到更衣室取了乾淨浴巾擦拭身體，然後來到梳妝台前，拿起香水往身上噴。

「哇！這老狐狸還有梳妝台耶。」倪飛哈哈大笑，並將這情報告訴韓杰。

韓杰只不耐煩地要倪飛想點辦法把那白尾弄出混沌，倪飛說要破解混沌不是不行，但如果沒有專門的厲害儀器，單靠他自己的力量，得花費好幾小時甚至一、兩週。他要韓杰別急，說白尾就快出去了——因為白尾在更衣室裡一邊往身上噴香水，還一邊敲著手機回傳訊息，對「夢妹妹」說自己泡澡時出了點意外，可能會遲到一下下，要夢妹妹千萬別生氣。

白尾送出訊息後，用最快的速度，將上午與松弟討論數小時後終於決定的整套衣著，一件一件穿上身，最後，戴上一頂紳士帽，拿起一支花俏手杖，站在長鏡前不停變化姿勢，欣賞自己兩分鐘，這才拖著一個碩大行李箱，自信滿滿地出門。

「韓大哥，白尾出門了。」倪飛立時通報韓杰。

「我看見了，他在陰間。」韓杰見金線地圖上的訊號閃爍幾下，定位顯示在陰間，便對倪飛說：「我會跟著白尾，仙村就交給你了。」他說完便收起手機，循原路下陰間，騎上小風號，靜靜等待白尾訊號漸漸遠離一段路後，這才發動引擎，悄悄跟在後頭。

「啊！」倪飛見韓杰獨自行動，不帶他一起去抓白尾，不禁有些失望，他也很想知道那「夢妹妹」究竟是何方神聖。不過他轉念一想，似乎也只能這樣安排——白尾舉止雖然滑稽，但那身道行，現在的他可應付不來，要是再加上一個身分未明的「夢妹妹」，確實只能由韓杰出馬收拾。加上此時姜洛熙被派去攻堅人藥工廠，倘若他跟著韓杰，那麼仙村就無人收尾了。

「嗯……」倪飛思索半晌，覺得接下來有可能得同時對付松弟和黑姬，其實難度不低，他對羅漢說：「要開戰了，你準備好了嗎？」

「當然！」羅漢高聲應和。「上吧，蠢蛋！好好表現，讓大家瞧瞧你的真本事，不是只會挖洞跟澆大便！」

拾貳

陽世，風林鄉鬧區。

張曉武和顏芯愛全副武裝坐在漆黑廂型車內，車內還有四名同樣全副武裝的陰差，都是隨張顏一同派進專案小組的俊毅城隍府同仁。

「幹他老師，到底好了沒？」張曉武毛躁地抖著腳。「還不攻進去？要等到什麼時候？」

「別急嘛！」顏芯愛說：「白尾今晚有重要的約會，對方很可能就是『金主』，韓杰現在正跟著白尾，只要確認金主身分，我們就可以……」顏芯愛說到這裡，眾人手機一齊亮起。城隍俊毅在大夥兒手機螢幕那端下令：「金主現身了，太子爺乩身準備逮人，你們也立刻行動！」

「是！」大夥兒高呼應和，張曉武也起鬨說：「油門給我踩到底，衝啊！」

三分鐘內，十餘輛黑色轎車、廂型車四面八方擁至那陽世租賃公寓周圍，車門打開，衝出數十名全副武裝的牛頭馬面；四周幾棟樓頂上，埋伏多時的陰差紛紛站起，有些架起狙擊槍、有些踩上牆沿準備衝鋒。

近百名陰差兵分多路，有的從低樓層往上，有的走空中穿牆突入公寓，全副武裝的陰差們見鬼就打、逐戶搜索煉藥工廠具體位置，不到十分鐘，就確定中央三、四樓共四戶空屋，為煉藥工廠總部。

這人藥工廠四戶牆壁都施有特殊法術，在陽世磚牆內造出一層「陰牆」，使得陰差無法穿牆攻入；前後陽台鐵窗也垂下一串串陰符，張開陰邪結界，阻止陰差進入。

大隊陰差挺著電擊步槍從樓梯間強攻，但這老式公寓三、四樓左右兩戶門內都有鬼山幫嘍囉持著鬼牙槍死守樓梯口，上方樓梯的鬼山幫嘍囉，還不停朝著樓梯縫隙往底下扔土製符籙炸彈，張曉武帶隊嘗試強攻數次，每次都讓符籙炸彈噴發出的刺鼻煙霧熏退，嗆得眼淚直流，髒話罵不絕口。

一隊直屬閻羅殿、專門破解各類陰牆和結界的小組，穿過鐵皮屋頂，來到公寓頂樓，擺設法陣準備破牆；一旁二十餘名牛頭馬面，挺著電擊步槍在旁待命，大夥兒見角落還擠著一對陽世小情侶，兩人都十來歲，以為四下無人，摟摟抱抱你儂我儂。

「大師兄！」兩個負責防守樓上的山魅，驚恐來到三樓，向七霸報告：「樓上陰差不知用什麼法術，正在鑿我們的牆，牆快撐不住了！」

「藥跟鍋都收拾好了？」七霸高聲吆喝，好幾個房間都傳來嘍囉們的回應：「藥都裝袋了。」「燉人鍋也收好了。」「大師兄，材料還沒整理好……」

「別管材料了，材料要多少有多少！不重要的東西統統別帶！」七霸高聲下令：「大家往陰間撤！」

大批鬼山幫嘍囉們，提著一袋袋煉成的人藥、捧著裹著符布的燉人鍋，擠進其中一間房，房中有面長鏡，那是他們往來陰陽兩地的鬼門。

七霸雙手各自提著一只皮箱，裡頭裝著滿滿的人藥，帶頭躍過長鏡，進入陰間。十餘名嘍囉也緊隨其後跟入陰間，最後那嘍囉，還轉身往鏡面上貼了道符，整片鏡面立時化出一片蛛網般的黑紋，鬼門消失。

陰間公寓裡，貼滿一張張陰符，隨著七霸吹動口哨，燃起五顏六色的鬼火，一旦陰差自陽世攻入陰間，上百張陰符便會炸出千奇百怪的毒蟲、惡火、怒雷、猛毒——自然，這些陰符未必能阻止全副武裝的陰差追擊，但能有效拖慢陰差推進時間。

七霸帶著三名心腹奔上樓頂，其餘嘍囉則下樓，因為眾嘍囉們的車輛都停在樓下，至於七霸上樓，是因他在樓頂藏了一輛六輪越野車，那六輪越野車外加裝著剽悍裝甲，且其實是艘冥船，不僅能夠飛天，且寬闊後車廂裡還囤著武器和大量人藥。

然而七霸剛上頂樓，便見到前方他那輛覆蓋黑色帆布的六輪越野車前，站著一人一貓。

那人右手持著火尖槍、左肩掛著乾坤圈、雙腳側邊附著風火輪、肩臂纏著混天綾；那貓背上飄開金黃披風，一雙眼睛炯炯有神。

正是姜洛熙和他專屬貓乩弦月。

「那傢伙腳旁邊那東西是……風火輪？」三個七霸嘍囉驚駭怪叫：「是太子爺派乩身來了？」「他旁邊還有隻貓！那是下壇將軍？」

「管他什麼乩身，給我上！」七霸吆喝一聲，將兩只皮箱交至同一手，另一手緩緩轉動，似在暖身一般，朝姜洛熙大步走去，三名心腹也分成三個方向圍攻姜洛熙。

「弦月，跟著我。」姜洛熙卻不是守在車前迎敵，而是鎖定右側攻來的那心腹，腳下風火輪一催，二話不說挺起火尖槍，全速朝右竄去。

右側心腹一來沒料到姜洛熙會突然針對他，二來沒料到那風火輪速度竟然這麼快，一個閃避不及，被火尖槍刺穿胸膛，渾身燃燒起火。

弦月也同時躍起，虛空飛扒一爪，將那心腹腦袋扒成數塊。

姜洛熙轉身瞧了瞧七霸，朝他竄去。

七霸高舉大拳，擺出迎擊姿勢，卻見姜洛熙和弦月途中突然拐彎，繞開他去追左側那心腹。

那心腹反應快、腳程也快，一見姜洛熙帶著貓乩繞開七霸改來打他，立時拔腿跑出老遠，回頭，見姜洛熙仍緊追著他，嚇得哇哇大叫：「你……你怎麼只追我？」

「不然呢？」姜洛熙反問：「你希望我去追誰？」

「呃……」那心腹一時答不上來，只能卯足全力往前狂奔，轉眼奔到這排公寓最外側，距離七霸那越野車已有三、四戶遠。

他踩上女兒牆，正欲竄向對面樓房，才騰空不到一公尺，腳踝便讓混天綾纏住，唰地又被拖回屋頂，摔在姜洛熙身前，正掙扎要起身，突然感到上方殺氣逼來，只見弦月高高躍在他腦袋上方，一雙小爪往下一砸。

兩枚若隱若現的金光虎掌凌空壓下，在那心腹腦袋和胸膛踏出巨大凹陷。

姜洛熙接連宰去七霸兩名心腹，領著弦月回頭追七霸，只見七霸早已鑽入越野車後座，最後一名心腹也登上駕駛座，關門開車。

那六輪越野車全車加裝著重甲、如同一隻小象般壯碩。六個大輪耀起青亮鬼火，快速飛升上空，但車內突然耀起金光，同時負責駕駛的心腹發出尖叫，越野車震盪幾下，又落了下來，重重砸在屋頂上。

七霸在後座愕然盯著前方駕駛座位，只見那開車心腹腦袋上罩著一個古怪囊袋，唰地一張一裹，將那心腹整個上半身都裹進囊袋，袋身不停起伏鼓脹，像是在咀嚼進食般。

「怎麼回事？」七霸愕然不解，只見姜洛熙已經竄來左車窗外，挺槍刺碎車窗，趕緊揚臂一抓，牢牢抓住火尖槍柄。

車外，姜洛熙也沒料到七霸反應快到能抓住火尖槍，且力氣大得要將他火尖槍拉入車內，連忙令雙臂混天綾將他雙手和火尖槍柄牢牢纏捲，同時抬腳踩著車門，藉著風火輪之力抵抗七霸怪力，說什麼也不想讓七霸將他火尖槍搶走。

七霸在車內與姜洛熙拔河，像是被激起了好鬥性子般，也不顧火尖槍柄燙手，放下人藥箱子，用雙手抓緊槍柄，像是真想和姜洛熙搶火尖槍一般。

「哈！」一聲清脆笑聲自七霸身後響起，一條符籙麻繩套過他腦袋，牢牢勒住他脖子。

阿給和銀鈴在後方貨廂位置現身，同時甩出符籙麻繩圈，套住七霸脖子，全力往後拉拽。

螽叔緊跟著在阿給和銀鈴後方現身，挺起桃木劍往七霸腦門刺去。卻被七霸伸手抓住桃木劍，一把捏成數截。

「嘩！」陰牌三鬼和車外的姜洛熙都大吃一驚，只見七霸本來兩手牢牢抓著火尖槍，左肩竟又多竄出一手來接螽叔桃木劍。

「這傢伙有三隻手啊？」阿給和銀鈴分別往左右靠去，揪著兩條繩圈往不同方向拉拽，但見七霸右脅下生出第四隻手，和先前第三隻手分別揪住兩條繩圈，跟阿給、銀鈴也拔起河來。

「這傢伙到底有幾隻手啊？」阿給和銀鈴訝然怪叫，見七霸肩頭竄出第五隻手，伸過椅後來抓他們，嚇得連忙鬆開麻繩，和螽叔一齊退至貨廂後方，揭開廂門，飛出車外。

姜洛熙見三鬼離車，也趕緊撤了混天綾、鬆開火尖槍，退開老遠，任由火尖槍被七霸搶入車內。

七霸像隻躁動惡猿，哈哈狂笑地將火尖槍扔在後座，一把扯歪副駕駛座椅，挪移身子擠進前座，揭開駕駛座車門，將那吃下駕駛心腹、鼓脹脹的豹皮囊一腳踢下車，想要自己駕車。

剛剛姜洛熙收到攻堅命令，來到頂樓埋伏，發現這輛六輪越野車，他經過簡單探查，發現後廂裡頭塞著一堆箱子，想來應當是七霸重要家當。他知道七霸力大，正面硬戰極難取勝，所以令陰牌三鬼打開後廂車鎖，將四靈陰牌藏入後車廂，還在前座下方藏了片豹皮囊尪仔標，想趁七霸上車時，在車內發動突襲。

他見七霸帶著三名心腹，要是全擠上車，那比三鬼還多出一個，便避開七霸，全力刺死兩個心腹，再趁駕駛開車時，發動豹皮囊，然後陰牌三鬼齊出——誰知七霸雙手揪著火尖槍，還能接連長出三隻手，用蠻力逼退陰牌三鬼，搶去駕駛座開車，再次將六輪越野車駕駛上天。

然而車內再次耀起金光，車體激烈震盪一陣，又摔落屋頂。

三鬼本來還不知發生了什麼事，躍去姜洛熙身旁，才見姜洛熙右手揪著混天綾一端，另一端則連至車內——

原來剛剛姜洛熙鬆手躍開，並不是真要棄下火尖槍，而是讓混天綾纏著火尖槍尾，趁七霸搶去前座開車時，才再次操使混天綾揪起火尖槍，在車內一陣亂打。

同時，被七霸踢出駕駛座的豹皮囊，並未落下車，而是吐出那駕駛殘身，倏地掛在車邊，待車飛上天時，又竄回車內，一口罩住七霸腦袋，凶悍啃食起來。

此時這輛六輪越野車二度自空中摔落，車體已經有些變形，加上火尖槍和混天綾在車內一陣肆虐，開始燃燒起火。

「吼——」被豹皮囊罩著腦袋的七霸，轟隆直挺挺地站起，竟將車頂給掀開大半，他舉起數手，揪著頭上的豹皮囊，狂吼一聲，將豹皮囊硬生生扯成數片，全塞進嘴裡，憤怒咀嚼一陣，咕嚕嚥下肚去，跟著，他躍出車外，朝著姜洛熙咆哮怒吼，像是徹底被激怒般。

他周圍掀起一圈黑氣，撲熄了車上的火。

「臭小子……你愛玩是吧，老子今天陪你玩到你滿意為止！」七霸這麼說，左脅下伸出第六隻手，一面熱身般扭動，一面大步走向姜洛熙。

姜洛熙抽甩混天綾，將火尖槍重新抽回手中，領著弦月和陰牌三鬼，擺出迎敵架勢。

右側樓頂，響起一陣激烈蹬地聲，一個壯碩熊形黑影轟隆奔來，高高一躍，揚起碩大熊爪，朝著七霸腦袋搧去。

七霸舉起右肩那手，接下這記大熊爪，正要以右拳還擊，誰知那熊形黑影，竟然棄了熊爪，落在地上，攔腰抱住七霸，將他整個身子拔地舉起，往後一仰——

使出一記地動天驚的後仰背摔。

轟隆一聲，將七霸摔得人仰馬翻。

熊形身影翻身站起，是穿著熊王裝甲的張曉武——張曉武這套熊王裝甲，是他用友情價拜託小歸替他量身訂做的重型裝甲，穿在身上，渾圓壯碩，像是一具重型機器人般。

仔細一看，張曉武的右手明顯小了一圈，原來他那裝甲上的熊爪可以自由分離，他剛剛騰空揮熊爪突襲七霸時，被七霸抓住，便立時令熊爪鬆脫，才得以第一時間落地反擊，否則可能會被七霸揪著毆打。

七霸緩緩起身，瞧了瞧還抓在手上的大熊爪，一語不發地將那熊爪扔在地上，轟地一腳踏爛。

「幹你老師咧，這很貴你知不知道？」張曉武見七霸踩爛他熊爪，立時破口大罵，跟著右手往腰際按了按，唰地又套上一模一樣的大熊爪，他這熊王裝甲上還有幾只備用熊爪。他也大吼一聲，衝向七霸。「看老子揍扁你！」

七霸也同時揮拳，他的胳臂比戴著大熊爪的張曉武更長些，一拳勾在張曉武腹部，將張曉武打飛老遠。

姜洛熙挺著火尖槍疾竄到七霸面前，一槍刺向七霸，七霸雖然立時閃身，卻沒逃過這一槍，火尖槍沒入七霸左側胸肩處。

姜洛熙刺中七霸的第一瞬間，目光和七霸雙眼對上，見到七霸那凌厲冷笑，感到一股寒意——七霸其實可以閃過的，他是故意中槍。

七霸左手往前一撈，握住火尖槍柄，他的左手和姜洛熙握槍右手，僅差不到數公分，姜洛熙察覺不妙，正要鬆手棄槍，卻感到右手刺痛——七霸左手上的黑毛，竟飛快伸長，瞬間將姜洛熙右手連同火尖槍柄牢牢捆住。

姜洛熙右手受制，感到七霸大力往前猛推，自己被推得不停後退，連忙催動雙腳風火輪撐地，卻仍難敵七霸那身怪力，持續被往後推。

「哈哈哈！」七霸絲毫不顧中槍左肩和握槍左手燃燒起火，反而加大推進力道，彷彿想將姜洛熙直接推落下樓。

弦月斜斜撲來，要咬七霸，被七霸揮臂打飛。

陰牌三鬼也來到姜洛熙身後，他們見七霸力大反應又快，近身襲擊佔不著便宜，便各自挺起一支符籙長叉，往七霸扠去，被七霸伸出三手全數抓著。

「你們以為聯手就贏得了我嗎。」七霸揪著三鬼長叉，像是推土機般繼續往前，陡然腦袋上方金光閃現，還沒瞧清楚，突然感到頸子一緊，且熱燙刺眼，本能伸手一摸，竟是乾坤圈。

原來姜洛熙趁三鬼挺叉相助時，讓混天綾纏上乾坤圈，像夜市套圈圈般扔出套中七霸頸子，再令乾坤圈緊縮勒他脖子。

「弦月！」姜洛熙高聲下令，將混天綾另一端高高拋起。

弦月飛身一縱，在空中咬著混天綾，落地之後向反方向拖拽。

腹部捱了一拳的張曉武，乾嘔一陣後，見弦月咬著混天綾，仍止不住七霸推進，趕緊也奔去拉住混天綾，幫著弦月一同與七霸的脖子拔河。「我幹他老師，這隻猩猩力氣好大！」

七霸儘管腦袋被微微勒得後仰，但仍一步一步將姜洛熙推至圍牆前。

「不行了……」阿給怪叫：「銀鈴！出絕招！」

銀鈴縱身躍起，右手翻出一只道鈴，左手捻起黃符，高聲唸咒。

一個渾身浴血、頭臉胸腹寫滿奇異符籙、雙眼殷紅凶厲的男人，在七霸身前現身，那是被長年封印在四靈陰牌裡那極惡凶靈，魔血仔。

「魔血仔，打他。」銀鈴高聲下令，阿給也附和：「給我狠狠打！」

磅——魔血仔一記淩厲重拳砸在七霸臉上，跟著一拳接著一拳，每一拳都伴著猩紅血氣，不但止住七霸推勢，還打得七霸踉蹌後退幾步。

七霸不甘示弱，站穩腳步，也還出幾拳，但他脖子被乾坤圈緊勒，後頭還有虎爺和穿著熊王裝甲的張曉武猛扯混天綾，這姿勢抬腳往前可以，但揮拳卻有些不順，無法全力還擊，被窮凶極惡的魔血仔一輪狂毆，終於開始不住後退。

「往前推回去！」姜洛熙催動風火輪，挺著火尖槍指揮阿給和螽叔，壓著七霸往前反推。

「我幹……你老師！」張曉武轉向背對七霸，揪著混天綾挑在肩上，像是牛馬拉車般，拖著七霸往越野車方向走。還對那緊咬混天綾末端不放的弦月嚷嚷大叫：「你們別在這裡礙事，去咬那猩猩屁股！」

「對！弦月，咬他腳！」

弦月聽了姜洛熙號令，飛快奔來，在七霸周圍繞圈，不停揮爪攻擊七霸那雙粗壯雙腿，在七霸腿上抓出一道道爪痕，跟著逮著機會，一口咬住七霸腳踝，仰頭往上一掀。

七霸與魔血仔互毆失利，腳步本就不穩，被弦月身中虎爺咬住一掀，加上被姜洛熙和張曉武兩邊一推一拉，身子便向後騰飛起來。

張曉武感到身後七霸腳步鬆動，猛力拉著混天綾往前衝，高高躍過橫在眼前的六輪越野車，配合後頭眾人退進之力，壓得七霸轟隆撞在自己的越野車上。

姜洛熙察覺纏他右手的粗毛開始鬆動，便趁機扭轉火尖槍，令火勢加更加旺盛，終於燒斷纏捆他右手的粗毛，然後猛力往前一捅，將七霸釘在車上，自己則鬆手向後躍開，也顧不得自己右手被粗毛勒得鮮血淋漓，立時令混天綾擴張伸長，一圈圈纏捆七霸粗壯身子和六條胳臂，將對方整個人和越野車纏捆在一塊兒。

魔血仔騎跨上七霸胸腹，暴烈掄拳狂毆七霸。

突然，七霸腦袋旁，竟又多出一隻大手，大手抓著四只褐色瓶子，砸在魔血仔腦袋上，魔血仔愣了愣，停下動作。

七霸那手隨即又往身後一掏，再次掏出一把褐瓶至自己臉前，啪啦捏碎，任由碎瓶汁液流入口中。

「那是人藥！別讓他吃人藥！」姜洛熙啊呀一聲，微微顯露懊惱，像是氣自己將七霸捆在車上，卻忘了越野車上囤著大批人藥——儘管事前沒人知道六臂被混天綾緊縛的七霸，還能從後背伸出第七隻手進後車廂掏藥。

「快。」螽叔雙手取出十餘張符，一齊往七霸扔去，炸出五顏六色的火海；阿給也舉起玩具槍，朝七霸猛射符彈，大叫：「一口氣打死他！」

銀鈴大力搖鈴，令魔血仔對七霸發動新一輪猛攻。

魔血仔拳如雨下，對著七霸臉面一陣狂砸，磅噻一聲，腦袋再次被七霸砸了一臉人藥，一道道藥液流入魔血仔口鼻。

「糟糕！」銀鈴陡然尖叫起來，大力搖鈴，帶著魔血仔躍離七霸身子，同時對著螽叔和阿給尖叫：「快來幫我！」

那人藥能增強鬼靈道行，同時也會影響鬼靈心智。魔血仔噹著人藥的同時，身中氣息立時紊亂起來，銀鈴第一時間感到異樣，急喊阿給和螽叔幫忙。

阿給和螽叔一齊來到銀鈴身邊，翻手化出道鈴和符籙，聯手施法壓制魔血仔，三鬼齊力將魔血仔封回四靈陰牌，螽叔和銀鈴為了保險起見，都退回陰牌看守，只留下阿給一人在外持著陰牌協助姜洛熙作戰。

那頭，七霸緩緩站起，七條胳臂不停掙動，漸漸掙鬆混天綾纏捆。

此時大批陰差也攻上頂樓，見七霸凶氣逼人，一時不敢近逼。

「樓頂同仁請先撤退，我們準備發射滅鬼彈。」遠方傳來擴音器聲響，同時伴隨著螺旋槳聲響，大夥兒望去，見到數架武裝直升機疾駛而來，機上載有閻羅殿直屬特種部隊——黑白無常。

「洛熙！」另一邊，鳳仔抓著姜洛熙的全張尪仔標急急俯衝而來，將那全張尪仔標往姜洛熙頭頂一拋。

全張尪仔標上那火尖槍、混天綾、風火輪、金磚、豹皮囊、乾坤圈等六枚尪仔標位置，此時都只剩下空洞，其中金磚早兩天被姜洛熙拆下變為數支金磚粉筆備用，空洞處正結出金絲，像是恢復到一半。

而最後一張九龍神火罩尪仔標邊緣，正燒開金紅火痕，左右向外擴散，最後燒成一個齒狀圓形。

九龍神火罩自全張尪仔標脫離飛出，在空中翻轉墜落，正好落在姜洛熙眼前，被姜洛熙一把抓住，金光自他指間縫隙飛射而出，他整隻手臂開始嗡嗡震動。

越野車上，七霸狂吼一聲，終於掙開混天綾，反手一把握著火尖槍，咬牙硬拔。

「喂！大家快撤——」張曉武大聲怪叫：「閻羅殿要射飛彈了！」他一面說，一面縱身飛離公寓樓頂，陰差們也紛紛飛開。

這頭，阿給撲抱住姜洛熙腰際，銀鈴也探身出來，自後托著姜洛熙雙腋。

「弦月——」姜洛熙被二鬼騰空架起，高聲呼喊弦月，左手扶著右腕，震動不已的右拳，像火箭炮口般瞄準七霸。

弦月飛奔而來，一躍踩上女兒牆，再一躍便撲進姜洛熙懷裡。

姜洛熙右拳終於張開，剎時金光閃耀。

七霸狂吼一聲，終於拔出火尖槍，只見前方空中耀起刺眼金光，九條金龍疾飛而來，同時，數架武裝直升機也同時朝這兒發射飛彈。

七霸沒有逃跑，而是揚起數手，扒進自己胸腹，猛地一扯，將自己胸腹扯開一條巨大豎口，然後翻身伏入車內，飛快摸抓散落車內的人藥瓶，全往胸腹裂口裡塞。

九條金龍斜斜打進越野車，炸出團團金火。

十餘枚滅鬼飛彈緊隨在後，將整座公寓屋頂炸出一團巨大火球。

幾組黑白無常躍出直升機，連同張曉武等陰差，將頂樓團團包圍，只見屋頂被炸出一個大洞，洞裡持續燒著熊熊烈火，但陰差們你瞧瞧我我瞧瞧你，都不敢近逼細瞧——因為他們都感到洞裡魔氣不但未滅，且持續飛快暴漲。

「啊！那傢伙沒死！」阿給愕然怪叫。

「沒錯。」姜洛熙雙眼金光綻放，冷笑答腔：「他沒死。」

阿給和銀鈴聽見姜洛熙聲音有異，氣息也不一樣了，嚇得連忙鬆手，同時又想起姜洛熙還在空中，趕緊再去接他，但姜洛熙並未墜下，而是單膝蹲在一條若隱若現的金龍背上。

「太子爺！」阿給和銀鈴立時說：「我們無禮了！」

「沒事沒事。」太子爺降駕姜洛熙，搧搧手說：「你們做得不錯啊，尤其是銀鈴，第一時間果斷召回魔血仔，施法壓制，沒讓那傢伙失控，判斷正確。」太子爺說到這裡，握拳撞撞姜洛熙胸口，說：「你也不錯，你每一招都好，察覺情勢不妙，應變也快，換作韓杰當年，只懂得死纏爛打，應變遠不及你……」太子爺說到這裡，靜默半晌，又說：「不過那時，我幾乎沒教他什麼東西，他全靠自己摸索，不像你們有一群厲害幫手支援、提攜、指導，也沒那麼多稀奇古怪的道具可以用，更沒有什麼陰間老闆設立的陽世基金會資助生活，那時他只能靠他的身體，一步一步往前，即使看不見終點，也要往前……」

「其實……」姜洛熙說：「我剛剛犯了一個錯誤，不該把七霸綁在車上，我忘了他在車裡囤了大量人藥……」

「無妨。」太子爺哈哈一笑，望著前方那躍出大洞的七霸，說：「若非如此，我也懶得下來陪他玩玩呀。」

七霸全身燃火，躍上水塔，吼叫一聲，身上迸出的魔氣立時吹滅身上火焰，他不住喘氣，瞪著四面包圍的陰差，其中幾隻手還提著兩只提箱和一個大袋，提箱袋子都有破損，但裡頭還裝著近半人藥。

「通通讓開。」太子爺附著姜洛熙，自金龍背上站起，跟著縱身一躍，踩上頂樓女兒牆，右手一翻，握住一柄金光閃閃的火尖槍，槍柄上攀著八條金龍浮凸紋路。他斜斜高舉起槍，讓身後第九條金龍，也攀上槍柄，化為龍紋。

「太子爺降駕了，大家退開。」陰差見太子爺親自下來收拾七霸，乖乖退開老遠。

「你是那……天庭戰神……太子爺？」七霸此時兩隻眼珠子骨碌亂轉，像是有些錯亂、對不了焦，他一張口說話，嘴巴鼻子就溢出魔氣，空著的手不停從破箱、破袋裡抓出人藥瓶子，直接扔入嘴裡，咬碎瓶子，吞盡藥液，再將碎瓶吐出。

「對，我是。」太子爺點點頭，再次縱身一躍，站上水塔，距離七霸不到兩公尺，他盯著七霸手上提箱和袋裡人藥還有大半，索性盤腿坐下，彎著身子，用手撐著下巴，微笑盯著七霸說：「我等你把藥吃完吧。」

「啊？」七霸雙眼依舊轉個不停，搖搖晃晃說：「你不怕我吃完人藥？會太厲害？」

「太厲害是多厲害？」

「和當年摩羅一樣厲害……」

「那怎麼夠。」

「不夠？」

「當年摩羅厲害，但最終還是敗給我了。」太子爺這麼說：「你要是和他一樣厲害，依舊不如我。」

「是嗎……」七霸露出怒容，不再以嘴吃藥，而是抓出大把人藥瓶子，塞進剛剛扯開的胸腹裂口中，他胸腹上那條裂口蠕動開闔，像是嘴巴咀嚼般。「那我會比摩羅更厲害……」

「有夢想是好事。」太子爺哈哈一笑說：「即便只是隻蠢猴兒。」

「即便只是隻，蠢猴兒……」七霸像是被太子爺這評價激怒般，將兩只提箱、一個袋子，一口氣全塞進胸腹間那不停蠕動的裂口。

七霸吞下所有人藥，七條胳臂弓起做出鼓動肌肉的姿勢，七個大拳頭指節根部生出鈍角，像是指虎般。他一雙眼瞳仍胡旋亂轉，四枚犬齒突出口外，全身毛髮都豎了起來，口鼻魔氣溢出，像是催動全力消化吃下的人藥效力，箍在他頸上的乾坤圈崩出裂紋、跟著碎裂崩散。

「不然呢？你不甘只當隻蠢猴兒？」太子爺哈哈笑說。「猴兒也沒什麼不好，我就認識一隻猴兒，上天下地，無所不能。只可惜，他是他，你是你，他有本事大鬧天庭，你連踏上南天門的資格都沒有。」

「不要小看……我七霸聖靈神！」七霸仰頭長嘯，跟著大步往前一跨，右側三拳齊揮，照著盤坐在地的姜洛熙腦袋打去。

「啥？」姜洛熙倏地翻身躍上半空，閃過三個大拳頭，落在七霸身後，太子爺瞪大眼睛，笑得合不攏嘴。「七霸……聖靈神？這是你替自己取的名字？」

「不行嗎？」七霸反身甩出三拳，再次被太子爺閃開。

「行，當然行。」太子爺附著姜洛熙身子，一面笑，一面在水塔頂左搖右晃，接連閃開七霸數記重拳掄擊，隨口問：「你是因為有七條胳臂，才叫七霸？還是因為叫七霸，才刻意煉出七條胳臂？」

「我……」七霸一拳再次揮空，愣住幾秒，像是認真思索太子爺這問題。但他此時腦袋有些混亂，一時竟想不出答案，只氣呼呼地繼續掄拳，吼叫說：「忘記了！」

「糟糕。」太子爺附著姜洛熙閃身到七霸身後，雙手扣住他自背後伸出的第七臂，說：「你得改名了。」

太子爺剛說完，抓著七霸上臂處的手，陡然浮現一顆龍頭，張口一咬，將七霸那第七臂喀啦咬下。

「吼——」七霸劇痛下反身甩拳，卻見姜洛熙人已落在十餘公尺處頂樓地板，右手還提著他那條胳臂。

「不好玩。」太子爺冷笑兩聲，像是對七霸已經失去興趣，他對姜洛熙說：「剩下就交給你了，我去瞧瞧其他地方……」

「什麼？」姜洛熙呆了呆，只見七霸自水塔躍下，發狂吼叫，一時有些不知所措，但突然感到自己右手舉起，往自己嘴巴裡塞入枚金光閃閃的東西。「這東西留給你用，對付這隻蠢猴兒應該足夠了。」

太子爺說完，便退了駕。

七霸魔氣噴發，衝到姜洛熙面前，姜洛熙連忙催動腳下風火輪，但見七霸拳頭已經揮來，避無可避，只好抬臂硬擋——他整個人被七霸打飛十餘公尺，撞上另一座水塔壁面，卻覺得胳臂和後背都不怎麼疼。

他覺得自己腹中燃起熊熊烈火，但不燙不疼，而是暖和舒適，他望著自己泛著火光的雙掌，隱隱感到有東西在體內流動，太子爺的確留下讓他足以打敗七霸的東西——九條火龍。

七霸大拳再次揮到他面前。

這次他沒有硬擋，也沒有逃遠，而是像剛剛太子爺一樣，避開拳頭，繞至七霸側面，雙手揪住他胳臂，一齊施力。

兩隻龍頭一齊現身，將七霸右脅那臂，咬成了三截。

「哇！」鳳仔在空中歡呼：「七霸現在變五霸了！」

拾參

在俊毅發出攻堅命令的當下，逵伯緊急吆喝仙村幹部，找來一只乾淨大桶，讓仍排隊等著獻血的村民們，改將鮮血倒入大桶裡。

跟著逵伯宣布祭仙夜提前結束，他說八寶仙姑身子微恙，得回宮休養，然後便帶著八寶仙姑匆匆返回白色公寓，將八寶仙姑鎖回牆上，接著又回到祭壇鐵皮棚內，想仔細研究那口水井究竟哪裡出了問題。

松弟接連打了數通電話聯絡白尾，想細問情況，前幾通都無人接聽，最後一通白尾接了，不等松弟開口便吼來一連串臭罵，說自己快遲到了，就算天塌下來，也不准再吵他。

松弟只能改撥給黑姬，同樣聯絡不上人，莫可奈何，硬著頭皮撥給七霸，然而他還沒按下撥號鍵，便收到七霸嘍囉傳來的示警訊息，稱人藥工廠遭陰差突襲，要仙村這邊做好準備，並通知白尾。

「……」松弟有些不知所措，思索半晌，對逵伯說：「阿逵，我有事要離開一下，這裡交給你了。」

「什麼？」逵伯同樣愕然，但只能乖乖照做，他在水井旁來回踱步，就不知道白尾稱血裡摻著糞水，究竟是怎麼一回事，他找來一支手電筒，探長身子往井裡照，陡然一隻手平空伸出，一把搶走他的手電筒。

「哇！」逵伯駭然縮身，怪叫：「井裡有人！」

幾個仙村糾察隊員聽見逵伯叫喊，持著棍棒奔入祭壇棚，來到水井旁，問逵伯發生什麼事，逵伯指著水井說裡頭藏了人，搶走他的手電筒。

糾察隊員們湊在井邊，舉著手電筒朝井裡探看一陣，說什麼都沒有。

「沒有？」逵伯又拿來一支手電筒，再次探身細看，突然感到眼前一片紅，跟著感到有股暖呼呼的東西裹上他全身，唰地將他拉入井中，他駭然尖叫，以為自己要跌死了，誰知那暖呼呼的紅色東西，並未讓他直墜井底，而是托著他一路向下，讓他像是搭乘電梯般抵達井底，然後消失無蹤。

「這……怎麼回事？」逵伯仰頭呼救，此時位於井底的他，距離井口可有十餘公尺。「喂！你們快想辦法把我拉出去……」

他還沒叫完，突然聽見井中嘩啦一聲，一股奇異汁液當頭灑下，灑了他滿頭滿臉。

下一刻，一股難以言喻的惡臭鑽入鼻腔，嗆得他再度怪叫起來。「什麼東西？誰往我頭上澆了什麼東西？」

「慢慢猜吧，混蛋。」倪飛嘿嘿笑著，動身轉移陣地——他剛剛從祭壇監視器中瞧見松弟先行離去，便決定對落單的逵伯下手，他原本想將逵伯拽進井裡，最好摔斷他一腿，將他困在井中無法脫身，但又怕摔出人命，所以操使混天綾時十分小心，反倒溫柔地讓逵伯平安抵達井底。他不甘願這樣離去，搖搖那露營儲水桶，感到裡頭還積著部分糞水，便略微改動混沌管線，跟著抬高儲水桶，將剩餘糞水全倒入管線，淋在逵伯頭上，聽見他哇哇大叫，這才心滿意足地轉往白色公寓。

倪飛認為村民們雖然受黑姬迷藥蠱禍心智，但即便天庭賜仙藥助村民們驅散迷藥效力，部分長期深信八寶仙姑的村民，恐怕仍執迷不悟，繼續死守仙村；解鈴還需繫鈴人，最好的方式，仍是得由八寶仙姑親口對村民宣布解散仙村，不管她要下跪道歉承認自己一時糊塗鑄成大錯，還是謊稱自己即將雲遊四海，令眾人返家回歸正常生活，總之，仙村這地方要完美收尾，八寶仙姑是重要關鍵。

倪飛先令羅漢飛到白色公寓上空把風，要是見到黑姬或是松弟回來，可得第一時間通知他。

跟著他循著混沌通道來到白色公寓，進入八寶仙姑房間，見八寶仙姑像昨晚一樣坐在床沿望著窗外，便向她打了聲招呼。

八寶仙姑驚訝轉頭，望著倪飛呆然半晌，說：「你是誰？」

「我是來救妳的。」倪飛這麼說，來到床前，取出一只金磚粉筆，湊在八寶仙姑頸上那鐐銬鎖孔上，緩緩推擠，直至將半截金磚粉筆都擠進鎖孔，跟著喀啦旋動，替八寶仙姑開了鎖。

「你……你為什麼救我？」八寶仙姑撫著頸子，有些困惑，昨晚她和阿舜的假魂對話，自然不認得眼前的倪飛。

「昨晚我們不是約好了嗎？」倪飛哈哈笑著，思索著是否該將八寶仙姑帶至安全的地方藏著，等制伏松弟、黑姬之後，再安排她向村民喊話。「我會救妳，妳也要替我做點事。」

「你也是冰哥的人？」八寶仙姑又驚又喜。「冰哥動用陰陽兩界的人馬來救我？」

「哈哈。」倪飛攤手一笑，說：「不好意思，我其實不是什麼冰哥的人，昨晚我只是跟妳開開玩笑。」

「開玩笑？什麼意思？」八寶仙姑瞪大眼睛。「昨晚跟我說話的人是你？你不是冰哥的人？那你是誰？你要我替你做什麼事？」

「我要請妳出面解散仙村，叫大家回家，讓他們回歸正常生活。」倪飛說：「不過不是現在，現在我還得先收拾鬼山幫那些傢伙，所以我會帶妳去安全的地方，妳在那裡乖乖躲著，想好要對村民說些什麼……」他說到這裡，向八寶仙姑招招手，準備領她進入混沌通道。「跟我來吧。」

他見八寶仙姑仍站在床沿動也不動，便不耐地催促。「喂！阿姨，妳別拖拖拉拉，妳不怕松弟跟黑姬突然回來，又把妳鎖上牆？」

八寶仙姑這才一臉茫然地走向倪飛。

「別怕啊，這條路有點窄，有些地方得用爬的，但是很安全……」倪飛來到混沌通道前，矮身鑽入混沌通道，但在裡頭等待半晌，卻見八寶仙姑沒跟進來，惱火探頭出去，正想罵人，只見八寶仙姑就站在混沌入口前，高舉一把實木矮凳，咚地砸在他腦門上。

這記實木凳子砸腦，立時將倪飛砸得暈死過去。

「臭小子……不是冰哥的人……跟我開開玩笑？」八寶仙姑氣呼呼地將倪飛又拖出混沌通道，她伸手往那混沌通道入口處摸了摸，什麼也沒摸著——沒有倪飛開門，八寶仙姑無法進入混沌通道，她盯著倪飛，喃喃說：「這小子明明是陽世活人，年紀輕輕，倒是懂得不少怪把戲啊，到底什麼來頭……難道是神明派來的乩身？」她蹲下從倪飛口袋翻出手機、幾片尪仔標、符籙、香灰和十餘片紙紮道具，一時也不明白這些東西作用，便隨手都扔在地上，她又仔細瞧瞧倪飛模樣。「不對，這小子……身上陰氣比厲鬼還重吶，不可能是神明乩身……」

八寶仙姑漸漸感到倪飛身子異於常人，且並非一點點，而是極其罕見。她伏在倪飛身邊，低頭在倪飛頭臉上不停聞嗅，露出陶醉神情，喃喃說：「這小子可是……極品材料啊！」她嘿嘿笑著來到床邊，揪起床單一把扯爛，此時的她，頭臉和消瘦胳臂上，都浮現出奇異筋紋，力氣也遠比同齡阿姨大上數倍，提著被撕成條狀的床單，返回倪飛身邊，將倪飛雙手、雙腳都緊緊綁死，纏得跟顆大繭似的，將之牢牢綁在背後。

跟著，她來到門前，咬破手指，在門上畫了道符，推門出去，來到陰間。

陰間並沒有這棟白色公寓。

因此她自陰間二樓處凌空落下，雙腳一彎，安然落地。

遠處，兩隻鬼山幫嘍囉，見八寶仙姑平空出現，可嚇了一大跳，飛來察看，怪叫起來。「啊！這不是那瘋婆娘嗎？她不是被鎖著嗎？怎麼來陰間了？」「她背上那是什麼？」

「滾！」八寶仙姑氣呼呼地將兩個飛來攔她的鬼山幫嘍囉搧倒在地，跟著三步併作兩步地拔腿往山下奔。

她早就聽說過春花幫冰哥大名，她一直十分景仰冰哥，可惜當時她陰間人脈不足以讓她結識冰哥，只好委屈一下，暫時與這名不見經傳的鬼山幫合作——她昨晚對阿舜假身說的那番話，其實半真半假。

她和張逵，確實師出同門，張逵也確實偷懶散漫、炒股失敗走投無路，最後被她收留，在她工作室打雜。

然而她沒說的是，她師父之所以過世，卻不是意外，而是她與張逵同謀，在師父慣用的水壺裡摻入破解師父護身法術的邪藥，令惡鬼上師父身，操控師父奔上馬路被一輛大卡車撞得稀爛。

最終，她和張逵平分師父遺產，她買了間房開工作室自立門戶，張逵則投入股市，賠個精光。

她將害死師父的伎倆，移花接木說成張逵害她，至於與陰間勢力合作，則是她的主意，鬼山幫確實是張逵找的，她最初也確實反對，因為她想與冰哥合作，然而她好幾次託鬼朋友替她牽線聯絡冰哥，卻都得不到回應。

畢竟春花幫苦水堂閣冰，這兩年在陰間也算得上一方之霸，像她這等級的陽世術士，冰哥根本看不上眼。

眼見陰間燉人鍋生意日漸興隆，她也按捺不住，最終同意與鬼山幫合作，能賺多少算多少——她真正的目標，不僅僅是在偏僻山區當個仙姑受人景仰、也並非想將名聲變現致富。

而是想在陰間當個大王。

她與鬼山幫合作的其中一個條件，就是鬼山幫煉成的人藥，她要分得一部分。起初白尾和徒弟們也十分好奇，這人藥是煉給鬼吃的，人吃人藥，會有用嗎？但八寶仙姑自稱在師父遺物中，搜得一種能夠讓生靈出竅的祕術，她打算以生靈服用人藥，獲取力量。

白尾等也不確定她這方法行不行得通，總之她喜歡就好。

然而過了一段時間，八寶仙姑當真靠著人藥修煉出一身怪力，然而，她的心智也開始出現了變化，不僅變得暴躁易怒，且對於人藥需索無度，一次又一次要求提高分得的人藥數量，最終被鬼山幫拒絕。

她開始暗中謀劃與鬼山幫分道揚鑣，聯繫上另個陰間小幫派青水盟，她覺得青水盟裡幾個帶頭的都是人魂，不像鬼山幫高層全是動物，無法溝通。

半年前，她與青水盟聯手對鬼山幫發動襲擊，卻一敗塗地——因為張逵早一步將她的計畫洩漏給鬼山幫。

當時儘管她靠著人藥修煉出一定成果，但與七霸、黑姬、松弟相比，仍然差得太遠，她被黑姬附體時，就和個凡人沒有兩樣。

鬼山幫買來一條帶有符術的鎖鍊鐐銬，將她鎖在牆上，鐐銬上的符術會令她一身怪力失效，成日虛弱無力。

從那之後，張逵取代了她的位置，代她打理仙村大小事，成為鬼山幫的陽世代理人。

「冰哥、冰哥……」八寶仙姑揹著倪飛，興奮異常。過去她想與冰哥合作，卻連見冰哥一面的機會都沒有，是因為她不夠突出、不夠格。現在不同了，現在她有倪飛了。

她感應出倪飛的肉體中蘊藏著難以形容的至陰氣息，今晚之前，她從未見過這麼純粹的極陰活人，但她知道有這樣的人，她曾在師父的傳家筆記中看過類似的記載，那已經是數百年前的事，據說當時那極陰之身，最終成為了陰間魔王。

「等等……」八寶仙姑停下腳步，開始猶豫起來，冰哥手下多的是能人異士，倘若她僅是將倪飛當成禮物獻給冰哥，即便討得冰哥一時開心，但在那之後，她又如何在冰哥手下當中脫穎而出呢？

她回頭，隱隱感受著身後倪飛身子透出的至陰之氣，決定換個方法。

這方法稍稍繁瑣些，首先，她得弄一口燉人鍋。

她記得鬼山幫在仙村裡藏了一口備用的鍋，不知道後來有沒有搬至他處，她回頭望向仙村位置，開始猶豫是不是該回去找出那只鍋，如果運氣好，她會在數日之後，煉出一鍋千年難見的藥，吃下那批藥的她，別說能不能得到冰哥賞識，說不定是反過來，由她考慮要不要收冰哥進門幫自己做事了。

然而她也明白，要是這樣返回仙村，很有可能會碰上黑姬或是松弟，此時的她，全然不是他們對手。

□

陰間華廈夜店七樓，松弟站在自家臥房保險櫃前，錯愕盯著空空如也的保險櫃，半晌說不出話。

他氣急敗壞地來到地下室，乘上跑車，駛離華廈——他那陰陽帳本跟寫著自立為王計畫的紅色筆記本都不見了，他不確定自家究竟是被陰差抄了，還是被那不見影蹤的師姊黑姬闖了空門。

他再次撥電話給黑姬，依舊無人接聽。

他加速駛回仙村，倘若黑姬在，他可能得迂迴探探消息，如果真是黑姬盜了他的人藥、帳本跟紅色筆記，那麼他或許會下跪懇求黑姬原諒，進而慫恿黑姬和他一同自立門戶；但倘若黑姬仍不知去向，那麼他會帶走仙村那備用燉人鍋——他的陰間住所離七霸那人藥工廠沒有很遠，剛剛他一路從仙村過來，見到空中駛過的武裝直升機，知道連閻羅殿都出動了，那麼七霸很可能難逃此劫，鬼山幫很有可能因此瓦解，他也得另謀出路了。

他踩足油門加速上山，遠遠見山道上，數個鬼山幫嘍囉，圍著一個古怪女人——八寶仙姑。

「啊？怎麼回事？」松弟認出八寶仙姑，急踩煞車，開門竄出，瞬間附上八寶仙姑身子，喝問：「妳這婆娘？怎麼出來的？」

「……」八寶仙姑察覺不妙時，已被松弟上了身，剛剛那段將倪飛燉成人藥吃下，成為一方之霸，收冰哥當手下使喚的滑稽想像，頓時化為雲煙。

她支支吾吾地說：「小……小師兄，這小子不知從哪冒出來，進我房裡想擄我，被我逮個正著，正想獻給師父……」

「獻給師父？妳知道師父住哪？」松弟聽八寶仙姑這麼說，這才意識到揹在背後那傢伙，是個陽世活人。

「我……我知道你有事下陰間，所以開門下來等著你啊。」八寶仙姑這麼說：「那些嘍囉對我不敬，我教訓教訓他們，沒有別的意思……」

「不！這阿姨在說謊！」倪飛突然怪叫，原來他已經醒了。

「哇！」松弟感到八寶仙姑身後掙動起來，扭頭向後瞧，手忙腳亂解開綁在胸前那一條條破裂床單，將倪飛甩在地上，警戒地後退兩步，喝問：「你是誰啊！」

「這小子不懷好意，你不要信他，小師兄！」八寶仙姑插嘴怪叫。

「我……」倪飛雙手雙腳仍被床單捆死，腦袋猶自暈痛難熬，氣喘吁吁說：「我替春花幫冰哥做事，冰哥派我過來打探仙村情況，看有沒有合作的機會……」

「哇！你這小子滿嘴胡說八道，當我的面還敢提這件事！」八寶仙姑激動打岔，突然出不了聲，原來是附著她身子的松弟嫌她吵，奪去她嘴巴控制權，不讓她說話。

「你說的冰哥，是春花幫苦水堂閻冰？」松弟這麼問。

「是啊，就是苦水堂冰哥。」

「冰哥想找我們合作？他想怎麼合作？」

「嗯，這個嘛……」倪飛腦袋劇痛之餘，還得絞盡腦汁擠出說詞。「冰哥最近收到風聲，說陰差盯上了你們，隨時會找你們麻煩，他派我過來探探仙村情況，要是鬼山幫真碰上困難，我們這邊很樂意提供協助。」

「你們能提供什麼協助？」

倪飛靜默半晌，搖搖頭，說：「我可以說嗎？你不會生氣吧。」

「我幹嘛生氣？你本來要說什麼？閻冰想怎麼幫我們？」

倪飛委婉說：「我們有許多閒著不用的祕密基地，可以讓你們煉藥，我們手上還有客戶、跟幾條安全取得『材料』的管道，冰哥一直想要增加人藥產量，但偏偏手邊鍋子不夠用，現在陰差盯得緊，很多燉人鍋廠家都被抄了，最近聽說鬼山幫有難，想說有沒有機會……嘿嘿……」

「我懂了。」松弟登時垮下臉，冷冷盯著倪飛，說：「閻冰想趁這機會吞併鬼山幫。讓我們用自己的鍋子，幫他煉藥？你是這個意思？」

「你……你生氣啦？別生氣啊！」倪飛喃喃說：「冰哥確實……是這個意思沒錯，但你想想……如果鬼山幫真被陰差抄了，殘餘的兄弟帶著殘餘的鍋子還能躲去哪？在這種情況下，你們很難再弄到煉藥材料吧……和冰哥結盟，可能撈得沒過去多，但不至於全賠光吧！至少冰哥有能力保住你們安全啊！」

「……」松弟背過身，瞧瞧手機上那一大串自人藥工廠四散潰逃的嘍囉們傳來的求救訊息，像是在認真考慮此時鬼山幫處境。

「對了。」倪飛說：「冰哥還打聽出，陰差這兩天兵分好幾路，不但想抄你們煉藥工廠，也打算找出你們師徒各自藏身據點……剛剛這阿姨叫你小師兄，所以你……是鬼山幫三大弟子裡的松弟哥？」

松弟側身盯著倪飛，像是想聽他講些什麼。

「我聽說松弟哥你的藏身地是一家夜店？」倪飛笑呵呵地說：「如果消息沒錯的話，陰差已經進去搜過了，如果你沒回家，千萬別回去……」

松弟像是被針刺著般，附著八寶仙姑快速轉身，一把將倪飛提起，怒瞪著他，問：「你怎麼知道我住在夜店裡？」

「因為……」倪飛說：「因為冰哥和那批陰差關係不錯……冰哥早和他們談好了，要是那些陰差從你們藏身處抄出東西來，只會上繳一部分，剩下的，轉賣給冰哥。」

「闇冰買我們的東西想幹嘛？」松弟愕然。

「當然是原封不動，還給你們啊。」倪飛說：「這是冰哥對你們充分展現的合作誠意——前提是，你們願意合作。」

「合作……」松弟聽到這裡，像是被打動，喃喃說：「闇冰真那麼大本事，還能把陰差從我家抄走的東西，買回來還給我？」

「可能沒辦法全買回來，但至少能還你大半以上吧。」

松弟再次背過身，思索半晌，又撥了幾次電話給黑姬，依舊無人接聽。

他轉身望著倪飛，說：「你能現在帶我去見闇冰……哥嗎？」

「能。」倪飛點點頭，蠕動幾下身子，苦笑說：「能先幫我鬆綁嗎？我先問問拍檔，看陰差有沒有將從你家抄走的東西轉交給我們的人……」

松弟沉默半晌，上前將倪飛一把拉起，唰地解開捆死他雙手的床單，倪飛點頭道謝，從領口摸出他繫在脖子上的符包綴飾，湊近耳邊唸咒傳話給羅漢：「喂？漢哥，是……我沒事，剛剛出了點意外。我問你，那批東西到手沒？哦，已經到手啦？我跟你說，你把東西帶去破屋基地。鬼山幫松弟哥願意跟老大合作，我現在就帶他去破屋基地，我們在那兒會合，就這樣。」

他說完，立時矮身蹲下，想解開雙腳床單，卻突然被松弟一把拉起。

松弟狐疑地揪著他胳臂，湊近聞嗅他頭頸氣息。

「喂喂喂！」倪飛瞪大眼睛，推開松弟。「老兄你幹嘛啊？」

「這婆娘……」松弟附著八寶仙姑，用她的手戳了戳她的頭，說：「說你是世間少見的極陰之身，她說用你的血肉煉藥，吃下之後能得幾百年道行。」

「哈哈原來你還能直接跟她腦袋說話啊……」倪飛打著哈哈說：「極陰之身？我像嗎？如果我有這價值，那應該不會幫冰哥打雜跑腿，而是直接被他吃下肚去了。」

松弟儘管狐疑，又揪起倪飛的手嗅了嗅，依舊察覺不出異樣，他惱火搧了自己一巴掌，罵那八寶仙姑：「我什麼也聞不出來，妳鼻子有我好？妳之前滿口謊言、勾結青山盟的帳，我們還沒跟妳算清，妳還想搞事！」

「對嘛阿姨，妳就安分點別作怪了！剛剛把我頭敲腫一大包，痛死我了媽的。」

倪飛這麼抱怨——他自然有本事抑制自己那身極陰氣息，否則一下陰間，就像是肉包子扔進餓狗群裡般，四方惡鬼都要搶著吃他進補了。剛剛他會被八寶仙姑嗅出異常體質，是因為他突然被敲昏了的緣故。

松弟指了指他身後那輛橘色跑車，說：「你和伙伴會合的地方在陰間還是陽世？直接坐我的車過去，比較快。」

「好。」倪飛點點頭，解開雙腳床單，坐上跑車，說：「我跟漢哥平時都約在一間破屋碰面，就在車站旁邊，你先往車站開，我再告訴你詳細位置……」

「車站是吧……」松弟點點頭，突然轉身拉起倪飛左手，在他左手腕上，銬上一只手銬，跟著將手銬另一端銬住自己——也就是八寶仙姑右手。

「喝！」倪飛愕然問：「怎……怎麼了松弟哥，你還是不信我？」

「不是。」松弟笑說：「我不是不信你，只是保險起見，等我拿回我那批東西，我就放你。」

跟著，松弟自八寶仙姑右肩位置，伸出他真身右手，發動跑車、切換排檔、轉動方向盤，調頭下山。

拾肆

陰間，風林鄉鬧區。

韓杰將小風號停在靜僻巷弄深處，抬頭瞧瞧頭頂上方。只見數架閻羅殿武裝直升機，伴隨著轟鳴螺旋槳響聲，斜斜切過兩側樓宇間隙那條狀紅雲夜空。

他下車從口袋掏出金線地圖，比照手機上的陰間地圖，已經停止不動的目標訊號，距離這兒約莫有兩、三百公尺遠。

跟著他托起那金線地圖湊近額心，同時閉上雙眼凝神感應，眼前立時浮現白尾背影。這金線地圖不僅能定位，還能即時將金色小蠅即時所見傳入韓杰眼裡。

這群由太子爺親手以天庭蓮藕捏成的金蟾蜍化成的小蠅們，數年前在第六天魔王那他化自在天上替太子爺探路，連第六天魔王都沒有發現，因此白尾自然不知道此時自己從頭上那紳士帽，到腳下的尖皮鞋，都沾著無數金色小蠅，就連身後也跟著大批小蠅，將他整段行進路線，都讓韓杰瞧了個一清二楚。

白尾左手按著碩大行李箱，右手拄著手杖，站在一間陰森大廟正殿中央，一會兒看看手機、一會兒瞧瞧手錶，耐心等待著約會對象到來。

韓杰睜開眼睛，取出片尪仔標放在掌心，雙掌一揉，跟著拍拍左右小腿，令風火輪附上雙腿兩側，同時低喃施咒，令風火輪黯淡無光——這版風火輪，能夠自由調整火光，方便在陰間低調行動。

他抖抖外套，往那大廟找去。

數分鐘後，他來到陰森大廟外一條巷弄裡，先瞧瞧周遭動靜，跟著將金線地圖抵上額心，白尾依舊呆立原地。

正當韓杰開始猶豫該不該深入廟裡，突然瞥見對街有條奇異蛇影，倏地溜進大廟正門。

韓杰暗自猜測那蛇影或許就是白尾等待的對象，正準備動身往廟走去，突然只見金線地圖上，浮現三個訊號，與白尾那訊號位置幾乎重疊。

他連忙再次將金線地圖抵上額心，只見白尾面前多出三個身穿漆黑罩頭長袍、高矮胖瘦不一的傢伙，他們那黑頭罩裡也蒙著漆黑面紗，看不見長相。

下一刻，金線地圖上，浮現第五個訊號。

韓杰愣了愣，這是因為那批負責跟監的金藕小蠅，不只沾在白尾身上，身後也跟著數批小蠅，監視白尾周遭一切動靜。

韓杰眼前浮現出空中俯視的畫面，底下正是那第五個訊號，是條漆黑蛇影，鬼鬼祟祟滑過廟前停車場，斜斜溜至正殿右側窗外，停止不動。

「嗯？」韓杰儘管不明白那蛇影從何而來、有何目的，但也沒多想，悄悄動身奔至對街，壓低氣息奔入大廟停車場，繞至大廟左側窗外，背抵著牆，透過金線地圖感應正殿內部動靜。

「夢妹妹呀，妳不要不說話嘛，妳聽我解釋嘛，我不是故意遲到的，我剛剛在家裡，是真出了點意外呀……」白尾堆著笑臉，對著眼前三個黑袍傢伙道歉連連，跟著，他將碩大行李箱放倒在三個黑袍傢伙面前，單膝跪下，揭開行李箱，笑呵呵地說：「看，夢妹妹，這是尾尾我這個月繳出來的成績喲——」

「尾尾？」韓杰蹲在窗邊，聽白尾在那三個黑袍傢伙面前自稱「尾尾」，不由得覺得好笑。

他透過金藕小蠅，見那敞開的碩大行李箱兩邊，塞著滿滿人藥瓶子，起碼有兩、三百瓶之多。

「夢妹妹。」白尾歪著頭，鼓起嘴巴，雙手豎起食指戳了戳自己鼓脹雙頰。「尾尾努不努力？是不是該給尾尾獎勵？」

「你做得不錯。」三個黑袍傢伙齊聲開口，聲音有男有女、有老有少，一字一句精準重疊，彷如電腦合成的音效般。「但很可惜，這可能是我們最後一次合作了。」

「什麼？最後一次合作？為什麼？」白尾尖聲怪叫：「我做錯了什麼？」

「剛剛我才收到消息，你的人藥工廠被陰差抄了。」三個黑袍傢伙齊聲說：「你那大徒弟被陰差團團包圍，帶頭的傢伙，據說還是神明乩身——你被神明盯上，已經沒用了。」

「什……什麼？」白尾驚愕之餘，取出手機查看訊息——剛剛他嫌徒弟們的訊息和電話吵著他約會，全調成了靜音，一路也只留意夢妹妹有無傳訊息過來，此時點開鬼山幫群組，這才驚覺手機上滿滿都是求救訊息。

「其實你的表現已經超乎我原先預期，我對你很滿意。」黑袍傢伙們這麼說：「所以你別難過，我沒有生氣，只是我們的合作，就到這裡為止吧。」

「不！我不要到此為止！我想永遠和夢妹妹在一起。」白尾扒抓頭臉，像是無法接受黑袍傢伙們做出的結論。「就算我人藥工廠被抄，我還是可以東山再起，那些蠢徒弟全被抓光也沒關係，我能再找新徒弟，繼續幫夢妹妹煉更多人藥出來，比現在多一倍都行……夢妹妹要我做什麼，我就做什麼，求求妳……」白尾說到這裡，嚎啕大哭起來，跪地繞過大行李箱，來到居中那黑袍傢伙面前，抱著那傢伙的雙腿，苦苦哀求。「不要拋棄……尾尾……」

「你說我要你做什麼，你就做什麼？」

「對！對對對！夢妹妹要尾尾做什麼，尾尾就做什麼！」白尾像是從「夢妹妹」的話中嗅得一絲希望，他瞪大眼睛，仰頭望著居中黑袍傢伙那遮著黑面紗的臉，哭喊著：「就算陪上我一條命，也在所不惜。」

「那好。」黑袍傢伙一齊揚手，指著那大行李箱。「你把這些人藥全吃了吧，若你有本事駕馭這箱子裡全部的人藥……那我就認可你有留在我身邊的資格。」

「啊……」白尾瞪大眼睛望著黑袍傢伙，跟著轉頭，望向身旁那碩大行李箱裡滿滿的人藥。「只要吃光這些藥，我就能留在夢妹妹身邊……」

「對。」黑袍傢伙們說：「我還會額外給你一個賞賜，你想要什麼賞賜呢？」

「賞……賞賜？」白尾仰頭望著黑袍傢伙，兩眼微微綻放光芒，跟著視線挪移到黑袍傢伙大腿部位，喃喃說：「我想親吻夢妹妹的腳……」

「這不是問題。」三個黑袍傢伙，一齊捏起黑袍一角，一齊伸出右腿，一齊說：「只要你吃光你帶來的人藥，並且成功駕馭人藥力量，我這腿，你想怎麼親，就怎麼親。」

三條露出袍外的小腿，一條和白尾大腿差不多粗、一條皮膚皺巴巴地遍布斑點、一條生著滿滿粗鬈腳毛。

「夢妹妹。」白尾陶醉盯著居中那條壯碩濃毛小腿，口水都要淌了下來，他抹抹嘴，一轉身，跪在大行李箱前，揭開一瓶人藥，大口飲盡。

跟著是第二瓶、第三瓶、第四瓶……

「嗑藥可不行呀，尾尾……」韓杰吁了口氣，收去金線地圖，捏出尪仔標，準備破窗逮人，但只見正殿裡黑影一閃，剛剛右側窗外那漆黑身影，搶先破窗竄入正殿，直直奔向白尾，突然高高躍過跪在地上的白尾，照著三名黑袍傢伙，凌空刺出一劍。

那劍彎曲滑溜，如蛇般靈巧，但是三個黑袍傢伙反應也快，瞬間向後退出數公尺，避開這一劍。

「妳做什麼？」白尾憤然起身，瞪大眼睛，指著站在他與黑袍傢伙之間的那身影——黑姬。

黑姬此時穿著一身緊身黑衣，上頭微微浮凸鱗片，挺著黑劍，指向三名黑袍傢伙，轉頭對白尾說：「師父，你中了這些傢伙的幻術，你被他們騙了。」

「妳說什麼？妳快退下，妳別亂來！那是我的夢妹妹呀！」白尾氣急敗壞地怪叫，邊叫還邊仰頭將手中那瓶人藥喝下。

黑姬不理師父命令，倏地挺劍向前，突刺其中一名黑袍傢伙。

那黑袍傢伙左閃右避，最後避無可避，胳臂被劃開一條口子，發出一聲粗獷哀嚎。

黑姬正欲追擊，突然頸子被緊緊勒著，原來是白尾追到她身後，伸來手杖，以扶手那截橫桿勾她頸子——白尾那手杖似有奇異力量，勾在黑姬頸上，像是額外帶著數根無形手指，牢牢掐著黑姬頸子，令她無法再次再上前追擊黑袍傢伙。

黑姬將手中黑劍向前猛力一甩，黑劍陡然伸長，化為一條長蛇，飛梭掠過三個黑袍傢伙臉面，將他們臉上的覆面黑紗一口氣全摘了下來，只見一個是老邁婆婆、一個是中年肥男、一個是壯碩猛男。

「師父！」黑姬挺劍指著黑袍傢伙們大聲尖叫：「你自己看！哪個是你夢妹妹？」

「臭丫頭妳胡鬧夠了沒？」白尾轉動手杖，讓黑姬面朝自己，然後一巴掌將黑姬搧倒在地。「妳難道不知道夢妹妹可是妳未來師母？」

白尾說完這句話，突然掩嘴啊呀一叫，小跑步到三個黑袍傢伙前，行了個禮，笑呵呵地說：「夢妹妹，妳別怕，我會保護妳，我不會再讓任何人傷害你——妳就假裝沒聽到剛剛我跟徒弟說的話，雖然那確實是我的夢想沒錯，有個夢想，總是件好事……」

「先殺了她，再吃光藥。」三個黑袍傢伙，同時面無表情說：「你做不到的話，以後就別見我了。」

「我做得到。」白尾這麼說，跟著轉身盯著黑姬，雙眼凶光大盛，他摘下紳士帽，挺起兩隻狐狸豎耳：搖轉手杖，化為長柄鐮刀；扭扭身子，臀處揚起一叢銀白尾巴。

白尾單手舉著鐮刀，指向黑姬，冷冷說：「黑姬，妳我師徒緣分已盡，妳犯了死罪，師父親手送妳上路，下輩子重新修行吧——」他說到這裡，陡然歪頭露出一個僵凝笑容，說：「在死之前，妳可以恭喜師父嗎？師父雖然馬上就要親手殺妳，但還是想聽妳親口祝福師父和師母百年好合，嘻嘻。」

他說完，唰地高高躍起，高舉鐮刀劈向黑姬。

黑姬避開這刀，白尾加速追擊，一刀接著一刀，左劈右掃，速度漸漸壓過黑姬，令黑姬不得不舉劍格檔，噹啷一聲，黑姬那柄黑劍被白尾大鐮刀劈成兩段，但鐮刀卻沒有順勢劈入黑姬肩頭，而是在黑姬肩頭上方三公分處停下。

大鐮刀與黑姬肩膀之間，擋著一柄金光閃閃的長槍，槍頭底下一團鮮紅槍纓飄搖燃動，彷如烈火。

韓杰站在黑姬身旁，舉著火尖槍，望著白尾皺眉冷笑。「老狐狸，你吃藥吃到腦袋壞掉啦？」

「你是誰？」白尾瞪大眼睛，緩緩收回大鐮刀，突然又換個方向劈向黑姬，再次被韓杰挺槍擋下，白尾更訝異了，將速度催得更快，忽左忽右劈斬黑姬，全讓火尖槍擋下。

「……」三個黑袍傢伙安靜半晌後，喃喃開口：「這人應該就是太子爺乩身韓杰沒錯了……」

「夢妹妹、夢妹妹……」白尾喘氣後退，瞥了瞥後方三個黑袍傢伙，問：「這人妨礙我，我能先殺了他，再殺我徒弟嗎？」

「行。」三個黑袍傢伙先高聲回答，頓了頓，才用自言自語的音量說：「只可惜，憑你是殺不了他的。」

「小伙子，下輩子別再多管閒事，又弄丟自己腦袋哈！」白尾咧嘴厲笑，舉著大鐮刀改砍韓杰，一面亂砍，還一面甩動銀白大尾攔腰橫掃韓杰雙腿。

韓杰挺槍噹啷接了幾下，雙腳蹭了蹭地，令風火輪切回正常模式，耀起醒目火光，他見白尾除了大鐮刀外，還有條大尾巴不停亂甩，便摸出尪仔標，啪地往地上一擲，炸出一條混天綾纏捲上臂，一見白尾扭臀甩來尾巴，便揚臂甩動混天綾格檔，幾招過後，白尾尾巴著火，喝地向後一躍，急忙股嘴朝尾巴吹出一陣黑風，終於將火撲滅。

韓杰竄到白尾面前，連刺數槍之後，跟著一槍自下撩起，將白尾大鐮刀噹地挑飛，跟著順勢旋身，槍尾頂上白尾腹部，將白尾頂飛老遠，落地後還滾了兩圈，恰好滾到三個黑袍傢伙身前。

白尾摀著腹部掙扎起身，不停回頭向黑袍傢伙解釋。「夢妹妹，妳別擔心，我沒有事，我不會輸給他，我可是狐中之王，我……」他說到這裡，突然縱身一蹦，落在韓杰面前，雙手也撐著地，姿態像是一頭猛獸，跟著鼓嘴一吐，吐出數團黑煙，化為五隻黑煙小狐，一齊朝韓杰撲去。

韓杰揚手往前拋出一片尪仔標，尪仔標在空中耀出金光，化為一頭大豹，轉眼將五隻黑煙小狐扒飛三隻、咬裂兩隻。

白尾氣急敗壞，右手翻了翻，像是變魔術般，抽出一把九環大刀，還沒拿穩，便被竄到面前的韓杰單手持著火尖槍尾斜斜一揮，噹地擊飛大刀。

白尾後退幾步，又抽出一把斧頭，又被走來的韓杰揮槍打落。

白尾再退幾步，抽出寶劍，再被打落。

白尾再後退，再探手入帽，還沒來得及拿出東西，韓杰火尖槍砸上白尾腦門，將白尾敲得眼冒金星，頭髮和兩隻黑毛耳朵也燃燒起火。

「哇！」白尾摀著腦袋想逃，右腳背也捱著一槍，被火尖槍牢牢釘在地上——韓杰其實大可往他心窩刺去，但畢竟大夥兒兵分多路跟監鬼山幫多時，就想找出幕後金主，眼前雖有三個黑袍傢伙，但韓杰對他們所知甚少，白尾的證詞便顯得十分重要，因此韓杰決定生擒他。

至於那三個黑袍傢伙，已被黑姬制伏，黑姬揪著其中那壯碩男人領口，持著半截斷劍，抵在男人咽喉上，看看倒在身旁的老婆婆和胖男人，問：「你們到底是誰？你們用什麼方法迷惑我師父？幻術？巫蠱？」

「都不是。」三人望著黑姬齊聲回答。

下一刻，左側老婆婆獨自開口：「我們用的是家傳法術。」

這句話，可是三人露面至此，第一次單獨開口，因此立時吸引黑姬目光。

黑姬還沒來得及接話，右側胖男人立時接話。「我們讓他作夢，對他來說，現在還是美夢，但很快就會變成惡夢。」

黑姬連忙轉頭望向胖男人。

老婆婆緊接著又說：「妳知道惡夢還有另個名字嗎？」

黑姬又望向老婆婆。

「魘。」壯碩男人被斷劍抵著脖子，咧嘴笑出一團紫黑色氣息。

黑姬望回眼前的壯碩男人，剛好被那紫黑氣息噴了滿臉，呆滯數秒，鬆開手、扔下劍，轉身盯著韓杰和白尾。

三個黑袍傢伙如同大夢初醒，怪叫怪嚷地蹦起，驚慌想逃，其中一個被韓杰甩來混天綾捲著，另兩個被金光大豹先後咬著，全叼回韓杰身邊。

韓杰瞧了瞧腳邊三個驚慌失措的傢伙，雖然還不明白這是怎麼一回事，但隱約感到，今晚這趟大廟之行的「關鍵人物」，似乎已經從三個傢伙「轉移」到黑姬身上了。

韓杰又捏出一枚尪仔標，揉成乾坤圈抓在手上，打算繼續讓火尖槍釘著白尾，自己持乾坤圈去對付黑姬，但他的手自己動了，一把拔出火尖槍，還像足球盤球般，用腳踢弄被壓制在地的三個傢伙，領著金光大豹後退老遠，將火尖槍插在地板上，盤坐下地，笑嘻嘻地盯著黑姬。

「老闆，你……」韓杰知道太子爺降駕了，問：「想幹嘛？」

「想把戲看完。」太子爺這麼說。

「把戲看完？」

「是啊，剛剛夢妹妹不是要尾尾把藥吃光嗎？」太子爺冷笑說：「我看得正精彩，結果那蛇精半路殺出，跟著你也殺出，這戲只演一半呢。」他說到這裡，直勾勾盯著站在神壇旁的黑姬。說：「你也想把戲看完，對吧——魘魔一家。」

「魘魔……」韓杰哦了一聲，盯著黑姬，這才知道蠱惑白尾的幕後藏鏡人，是陰間魘魔勢力——他對這支勢力所知不多，太子爺過去也從未向他提過這號人物，他只有在陰間行動時，偶爾會從陰間朋友口中，聽說魘魔一家的少許傳聞。

據說魘魔一家和以前的毒魔勢力一樣低調，且更加神祕——這是因為大部分「有可能」與魘魔打交道的傢伙們，對魘魔的記憶已經不可靠。

魘魔一家會盡可能地讓所有人忘記他們。

「是啊。」黑姬望著韓杰，微笑回答。「太子爺大駕光臨，想看戲，我們也不能怠慢。」她說到這裡，突然高聲喝令：「白尾！還愣著幹嘛，太子爺想看你吃藥，還不吃光它！」

「是！是是是……」白尾一跛一跛伏在大手提箱前，揭開一瓶瓶人藥瓶子，灌入口中嚥下。

「當家的老傢伙死了？」太子爺冷笑望著站在神壇前的黑姬。「現在魘魔一家的招牌換誰扛下了？你嗎？」

「你知道老傢伙死了？」黑姬微笑，點頭說：「也是，要是換成老傢伙，可不會做這種事。」

「是啊，他老雖老，但並不蠢。」太子爺說：「看來繼任者還是太生嫩了點。」

「生嫩，才有趣嘛。」黑姬笑說：「過去老傢伙那樣子，你覺得有趣嘛？」

「所以新任當家，也愛玩愛熱鬧啊……很好。」太子爺點點頭，揚手指指白尾。

「能不能叫他喝快點，現在很不有趣。」

黑姬立時吩咐白尾：「聽見沒有，喝快點！」

「是……是是是！」白尾雙手各自抓起一把人藥瓶子，也不旋瓶蓋，直接用牙咬下每一個瓶口，然後同時舉起數瓶人藥往嘴裡倒。

他用這方式一連喝下數十瓶人藥，一雙眼珠子也開始胡亂轉動起來。

拾伍

陰間，漂亮跑車停在破屋基地外。

「就是這裡？」松弟盯著破屋基地那扇破門。

「就是這裡。」倪飛點點頭。

「你那位漢哥呢？」

「漢哥……」倪飛身子前傾，仰頭瞧瞧天空，喃喃說：「他可能還沒到，也可能已經在屋裡等著……」

「他已經在屋裡的話，叫他把我的東西拿出來。」松弟說。

「這個嘛……」倪飛苦笑說：「漢哥是我前輩，我叫他搬東西出來，可能會被他打啊，要搬也是我進去搬哪。」

松弟靜默半晌，開門下車，但他並未替倪飛解開手銬，而是直接拖著倪飛，要他也從自己這側車門下車，還不忘提醒：「小心點呀，別踩髒我椅子了。」

「唔……」倪飛莫可奈何，只得小心翼翼跨過駕駛座位，乖乖隨著松弟下車，站在被松弟附身的八寶仙姑身旁，盯著破屋那破門，低頭瞧瞧左手手銬，努力掩飾心中惶恐——他謊稱與「漢哥」約在破屋基地碰面，為的就是將松弟引入破屋裡的混沌空間，再伺機發動奇襲，但松弟將他和八寶仙姑銬在一塊兒，拖著一個走火入魔的八寶仙姑，不論是挖掘混沌通道、遁逃還是游擊，可都難上加難。

松弟朝破門揚了揚手，示意倪飛帶路，倪飛只得硬著頭皮上前推開門，領著松弟進屋。

「漢哥，你到了嗎？我帶松弟哥來了……」倪飛在廢墟般的客廳向四周喊了幾聲，回頭對松弟說：「漢哥好像還沒來，我們先進基地等他好了。」

「基地？」松弟不解問：「這裡不就是基地了？」

「不……」倪飛搖搖頭，指著廚房方向說：「漢哥在廚房櫃子裡造了個混沌空間，作為臨時基地——畢竟漢哥和我平時都在外頭跑，還得抽出時間回陽世幹點活人幹的事情，這破屋大多時間都是空著，說不定會有流浪野鬼摸進來偷東西，所以重要東西都擺在混沌房間裡。」

「嗯……」松弟儘管狐疑，仍隨倪飛走進廚房，他見倪飛來到大櫥櫃前，揭開櫃門，裡頭果然還有個房間。

「哦？」松弟壓低身子，朝房間裡探頭探腦，只見裡頭有幾樣紙紮家具，地上散落不少食物包裝，有些凌亂，便問：「我的東西呢？」

「可能放在櫃子裡。」倪飛指著房間角落一只紙紮小櫃，說：「漢哥習慣把東西收在櫃子裡，雖然不曉得他現在回來沒……」

他這麼說，跨進混沌房間，然而他左手和被松弟附體的八寶仙姑右手銬在一起，除非松弟解開手銬，否則就要跟他一齊進房。

松弟沒想太多，隨倪飛進房，來到小櫃前。

倪飛揭開小櫃，裡頭只有幾樣陽世零食和飲料。

「沒有耶，漢哥還沒回來……也是啦，如果他回來放下東西就離開，應該會跟我講一聲才對，我們去外頭等吧。」倪飛這麼說，轉身帶著松弟往外走。

他前腳剛跨出房門、跨過大櫃、踏進廚房，便聽見身後松弟說話：「等等。」

松弟站在房門旁，盯著一旁小桌上幾張從筆記本上撕下的頁面，上頭寫著——

立體停車場被混蛋春花幫捷足先登佔走了！明天想個辦法整回去！

花太多時間弄醜八怪的窩了，明天要全力開工幹正事了！

姜洛熙找出人藥工廠位置了，我慢他一步，得想辦法扳回一城！

那些撕下的筆記本頁面，是倪飛每晚在破屋基地回顧當日工作後，替明日擬定的工作目標或是精神喊話，貼在門旁，起床出門前瞧上一眼，鼓舞士氣。

松弟捏起其中一張目標，喃喃唸著：「立體停車場被混蛋春花幫捷足先登佔走了……」他轉頭望著已經一半身子踩進陰間破屋廚房的倪飛，說：「閻冰大哥不也是春花幫的人嗎？春花幫苦水堂……」

「唉，這事情說來話長，其實是因為……」倪飛苦笑說到這裡，突然猛力一拽，將松弟附著身子的八寶仙姑拽得踉蹌兩步，終於讓自己身子完全離開混沌房間，站在陰間廚房大櫃外。

此時他和松弟，一個站在陰間破屋廚房，一個身處混沌空間，彼此以一條手銬相連。

「喂！」松弟沒料到倪飛突然出力拽他，連忙問：「你做什麼？」

「我……」倪飛笑嘻嘻地說：「不好意思，我騙了你，八寶阿姨是對的，可惜你不信她，嘻嘻。」

「什麼？」松弟瞪大眼睛，還沒搞懂倪飛這話意思，倪飛便從他眼前消失了——房門變成了牆。

「成功！」倪飛站在大櫃前得意大笑，原來他將松弟誘入混沌房間，自己找機會繞出房間，趁松弟還留在混沌裡時，將房門撤了——此時儘管沒有房門，他依舊隱約聽見松弟在混沌空間裡大呼小叫，這是因為兩界之間卡著一條手銬鎖鍊，等於混沌空間與陰間並未完全封死，混沌空間內的聲音，便是由手銬鎖鍊周圍小縫傳出。

松弟氣急敗壞大罵：「你這傢伙，你騙我？你到底是誰？」

「你猜猜看。」倪飛蹲在大櫃旁，笑嘻嘻說：「猜對的話我就放你出來。」

「你不是春花幫冰哥的人？」

「錯！」

「你是神明乩身？」

「錯！」

「你是陰差眼線？」

「錯！」

「你這混蛋，你到底是誰？」

「錯！」

倪飛也不管三七二十一，松弟說什麼他都說錯，半晌之後，松弟不再說話，倪飛覺得無聊，便捏出通訊符籙對羅漢說：「漢哥，你飛到哪兒啦？」

「蠢蛋？」羅漢急急問：「你剛剛是不是叫我去破屋基地找你？」

「是啊！」倪飛說：「你還沒到？」

「我剛剛飛到陽世破屋上面，沒看見你，你在陰間？」

「廢話！破屋基地開在陰間破屋裡，你去陽世破屋當然找不到我。」

「蠢蛋！我一開始就在陽世。」羅漢惱火說：「我現在飛在天上，想找間廟，弄點香灰畫鬼門符。」

「你現在才找廟弄香灰？」倪飛愕然說：「剛剛我帶在身上的東西都被八寶仙姑搜出來扔了，裡頭不是就有香灰嗎？你沒進房間幫我把東西帶來？我不是叫你替我帶東西過來。」

「去你個蠢蛋！」羅漢大罵：「你說的不清不楚，誰知道你說的『那批東西』是什麼東西，但我聰明絕頂，還是去房間找過一遍，替你把尪仔標帶來了……」

「你既然有去房間，怎麼只帶尪仔標，幹嘛不全部帶來？」

「我就一雙小爪子，哪帶得了那麼多東西？」

「你可以直接在房間抓香灰畫鬼門符來陰間，現在就不用找香灰了，蠢蛋。」

「你才蠢蛋！你那堆東西扔得滿地都是，我怎麼知道裡頭有香灰？我撿齊尪仔標就急著趕來找你，你還一直嫌棄！」

「好好好，我沒嫌棄你，你不是蠢蛋，你是聰明蛋，我才是蠢蛋……」倪飛安撫羅漢情緒，呵呵笑說：「你快點找到香灰，開鬼門來破屋基地，我就在廚房，手被銬著……」

倪飛結束和羅漢通話，蹲在地上無事可做，他細聽一陣，發現松弟安靜得有些古怪，便主動說：「松弟，你在裡頭幹嘛？不可以偷吃我東西喔。」

「小弟弟……」混沌房間裡回了話，卻不是松弟的聲音，而是八寶仙姑的聲音。「你那身體究竟怎麼回事？你還能把自己的陰氣藏起來呀？」

「哇。」倪飛嚇了一跳，問：「怎麼是妳啊阿姨？松弟睡著了？」

「他走了。」

「走了？他能走去哪？」

「你猜猜。」八寶仙姑笑呵呵地說：「猜對的話，他說不定饒你一命。」

「什麼……」倪飛呆了呆，跟著陡然感到松弟氣息，從另個方向往這兒逼近，正錯愕驚恐之際，就見到松弟踏進廚房。

松弟臭著張臉輕甩雙手、捏揉胳臂、扭轉脖子，像是剛剛完成了件苦差事般。

「你怎麼出來的？」倪飛站起身，不敢置信地問。

「這空間是你造的？」松弟來到倪飛面前，拍了拍倪飛的臉。「造得挺結實的，比師父造出的混沌還結實……害我挖得手都扭著了。」

倪飛愕然：「你……也會挖混沌？」

「師父教七霸打架、教黑姬製迷藥、教我造混沌。」松弟這麼說：「我雖學得不好，但從廁所開條路回到陰間，勉強辦得到。」

「既然你能挖洞……」倪飛回頭望了望那大櫃，好奇問：「怎麼不直接把門挖開，不就能把我揪回去了，幹嘛繞一圈？想給我個驚喜嗎？」

松弟見倪飛猶自嘻皮笑臉，一拳打在他鼻子上。

儘管陽世活人在陰間銅皮鐵骨、松弟也並不特別擅長打架，但鼻子捱拳，仍讓倪飛疼得差點流淚。

「他試過呀。」八寶仙姑在混沌房間裡答話：「但是挖不穿，所以跑去廁所挖，這才挖開。」

這是因為倪飛混沌造詣高出松弟許多，他剛封上的門，四周殘留著新鮮的混沌術力，松弟無法挖穿，所以轉去最遠處的廁所挖掘，趁著倪飛和羅漢對話之際，費了九牛二虎之力終於成功在倪飛的混沌空間裡掘出了洞，返回陰間，從屋外繞回廚房。

「我該給你什麼教訓才好呢？」松弟手一晃，握出一把短刀，在倪飛面前比劃幾下，嚇得倪飛大氣也不敢吭一聲，此時松弟離他極近，即便他開門遁回混沌房間，松弟也極有可能一同闖入，裡頭還有個和銬在一起的八寶仙姑，情況恐怕更加不利。

「松弟、松弟！」八寶仙姑在混沌空間裡大叫：「別殺他、別浪費了，他那身體珍貴得很，我們從長計議、挑選合適藥材，才能燉成極品人藥啊！這事我替你保密，不讓七霸和黑姬知道，你煉成了藥，分我一些就可以了，嘻嘻……」

「嘖，到底是不是真的？」松弟聽八寶仙姑這時仍堅持倪飛身體特異，不由得又有些動搖，他上前揪著倪飛頭髮，又嗅了嗅他頭臉，突然咦了一聲——這一次，他隱約嗅出一絲奇異陰氣。

八寶仙姑仍不停嚷嚷：「那小子是陽世活人，懂得隱藏身上陰氣，你直接上他身，我就不信他連五臟六腑都能騙人。」

倪飛轉頭朝著大櫃叫罵：「阿姨，妳不要亂說話，上我身幹嘛？我身體裡又沒寶物……」

他再回頭時，已見不到松弟。

松弟上了他的身。

倪飛欣喜握拳。

剛剛松弟嗅著的那絲陰氣，是倪飛順著八寶仙姑的話，故意透出讓松弟聞著，目的正是誘使松弟上他身，為的是使出他當前僅剩的最後一樣武器。

「嗯？」松弟聲音自倪飛喉間響起：「這身體好像真的有點意思……啊？等等！怎麼回事？啊？怎麼這麼熱？怎麼有火？小子，你究竟是誰？你……」

「你……猜猜啊！」倪飛鼓足全力催動體內火血，他感到松弟在他體內掙扎，像是想奮力逃出——他將食指湊近嘴前，奮力咬破手指，呆愣數秒，十分後悔之前韓杰明明教過他一種能將鬼靈封印在體內的符籙，但他從未認真練習，此時早忘了那符怎麼畫。

「哇！」倪飛身子一震，松弟自他體內竄出，全身燃火，撲倒在廚房角落掙扎打滾。

「怎麼回事？」八寶仙姑尚不知外頭發生了什麼事，怪叫怪嚷。

「唔！」倪飛見松弟撲熄身上的火，起身惡狠狠瞪著自己，連忙回頭對著身後大櫃叫罵：「妳好惡毒啊！竟然騙松弟上我身，妳根本想害他！對不對，妳真是詭計多端……」倪飛見松弟面目猙獰地朝他走來，立時指著大櫃，對松弟說：「松弟哥，冤有頭債有主，那阿姨害你，你幫我打開手銬，我進去幫你報仇……」

松弟全身衣服碎裂，頭髮被燒去大半，臉和脖子一片焦紅，兩隻眼睛殷紅嚇人，像是憤怒到了極點，他倏地上前，又翻出短刀，往倪飛頸子刺去。

倪飛抬臂格檔，胳臂被短刀刺入，痛得慘叫一聲。

松弟拔出刀，正欲再刺倪飛，但他拔刀時動作太大，被濺了滿臉火血，哇地一聲摀著臉再次退開老遠。

倪飛望著自己血流不止的前臂，忍著劇痛，故意出力讓傷口流出更多血，將整隻手掌染紅，見松弟再次朝他殺來，便揮手朝松弟甩血，還將胳臂傷口湊到嘴邊吸吮，再作勢鼓嘴要朝松弟噴吐火血，數度逼退松弟。

「你這臭小子，我不信宰不了你……」松弟暴躁嘶吼，施術令手上那短刀越變越長，不僅刀刃變長，連刀柄也逐漸伸長，化為一柄長柄大刀，像是打算持刀從遠處攻擊倪飛。

「唔……」倪飛咕嚕一聲，將嘴裡的血嚥進肚子，咧嘴笑說：「你不信也得信，你是真的宰不了我……你完蛋了……」

「什麼？」松弟正努力令長刀變得更長，突然感到頭頂飛過一個東西。

一隻鸚鵡。

「漢哥——」倪飛激動尖叫：「你終於來了！」

「蠢蛋別怕，我來了！」羅漢兩隻小爪鬆開，將數片尪仔標往倪飛扔去。「嗯？你什麼時候改叫我漢哥了？」

「殺死你——」松弟大叫，挺著長刀衝來，對準倪飛心窩刺去。

「才不讓你殺——」倪飛也大叫，落在空中的幾片尪仔標同時炸出耀眼金光。

金磚在他身前凝聚成一面閃亮亮的黃金圓盾，噹地擋下松弟長刀。

混天綾纏上他左臂，往手銬流去，深入鑰匙孔，喀啦開了鎖。

風火輪附上他雙腿，飛旋疾轉。

他左手接著乾坤圈，右手接著火尖槍，腳下一踏，唰地衝到松弟面前，一槍刺穿松弟胸口。

松弟本能地雙手抓住火尖槍柄，不敢置信地瞪著倪飛。

「現在猜到我是誰了嗎？」倪飛笑呵呵說。

「我剛剛……明明有猜……你是……」松弟這麼說時，握槍雙手和中槍胸口都燃起熊熊大火，整個身子瞬間被烈火吞沒。「神明乩身……」

「可是你沒猜是哪位神明的乩身。」倪飛抽出火尖槍，收去金磚，以混天綾纏裹捱刀胳臂，領著羅漢奔出破屋基地——他手機剛剛也被八寶仙姑扔在白色公寓房間裡，羅漢也沒替他撿回，此時他沒有手機，聯絡不上其他人，正打算重返仙村取回手機，羅漢突然叼住他外套一角，燒出兩行火灼籤令——

忙完了過來大廟與韓杰會合。

籤令第二行，是那大廟地址。

「喂！」倪飛大聲向羅漢抱怨：「才兩行字你幹嘛不直接說？非要在我衣服上燒洞！你跟小文又不一樣，你會說話耶！」

「蠢蛋！這是傳統！」羅漢回罵：「你懂嗎？傳統！」

「傳你個大頭鬼！」倪飛抬腳蹭地，催動風火輪轉速，他的風火輪不像韓杰風火輪能切換成低調的陰間潛行模式，然而此時已經全面開戰，他也不在意高調行事，連火尖槍和乾坤圈也大剌剌抓在手上，全速朝籤令上那間大廟奔去。

拾陸

陰間，人藥工廠頂樓上空，鳳仔激動盤旋，搖頭晃腦地興奮叫嚷：「一霸！一霸！洛熙加油，讓一霸變成沒霸——」

七霸單膝跪地，用僅剩下的一隻手撐地，兩隻眼睛依舊骨碌亂轉，望著前方花花亂亂的人影。

周圍地板，散落著一條條七霸被金龍咬下的胳臂。

姜洛熙全身盤繞金龍，站在七霸前方，微微揚起右臂，令三條金龍盤上他右手，準備對七霸發動最後一擊。

「為什麼……我吃下那麼多人藥，竟還贏不了你這毛頭小子？」七霸全身肌肉繃得死緊，魔氣纏繞全身，像是也在蓄力準備發動攻擊。

「因為——」姜洛熙見七霸接下來的攻勢可能會比先前更加凶猛，便令剩餘六條金龍全數繞上右臂。「你現在連眼睛都看不清楚，怎麼打架？而且你不是跟毛頭小子打架，是跟天庭中壇元帥的九條金龍打架。」

「天庭……中壇元帥……」七霸喃喃自語：「為什麼，我會和中壇元帥的金龍打架……為什麼，我剛剛以為……自己會贏？」他的意識似乎稍稍回復正常，雙眼也不再亂轉，終於對焦看清朝他走來的姜洛熙。

儘管此時他隱隱感到有些後悔，但已經沒有退路了。

七霸狂吼一聲，全身魔氣噴發，舉著一條獨臂，像火箭般竄向姜洛熙。

姜洛熙也揮拳相迎，九條金龍一齊捲上七霸身子，像是龍捲風般將七霸捲上天空，燒成一團熊熊烈火。

「幾霸？現在是幾霸了？火好大我看不清楚……」鳳仔繞著空中那團大火球飛，突然尖叫一聲，朝著姜洛熙俯衝而去。「洛熙、洛熙，太子爺有令——」

鳳仔飛到姜洛熙面前，嚷嚷叫：「要你去一間大廟跟韓杰師兄會合。」他邊說，邊繞至姜洛熙口袋，抓出手機，用舌頭點按密碼開鎖，熟稔地點開地圖，鍵入住址，然後將手機還給姜洛熙。「就是這間廟。」

「嗯？離這裡不遠……」姜洛熙瞧著地圖，將阿給和銀鈴召回陰牌，準備趕往大廟，突然又被鳳仔喊住。

「等等！」鳳仔嚷嚷叫著：「有沒有紙？有沒有紙，還有一件重要的事！龕叔，快給我符紙……」

龕叔從四靈陰牌遞出一張空白符紙，鳳仔叼著使力，轉眼燒出一張籤令，遞給姜洛熙——

忙完了過來大廟與韓杰會合。

「……」姜洛熙看完那命令和大廟地址，困惑取出手機，比對手機地圖標註位置和籤令上的大廟地址。「是同一間廟沒錯啊，這不就是鳳仔你剛剛說過的東西？為什麼要再燒一次籤令？」

「對呀為什麼？」鳳仔搖頭晃腦，似乎也弄不太明白。「為什麼我要再燒一次？啊！一定是鳳仔太盡責了！鳳仔一直很認真負責！」

□

陰森大廟正殿裡，白尾已經喝下全部人藥。

但他似乎壓制不了人藥力量，全身痙攣、兩枚眼珠子轉得飛快，癱躺在地，四肢扭曲，一條銀白大尾巴不停抽搐。

太子爺附著韓杰盤坐在地，望著神壇前的黑姬，說：「過去陰間除了摩羅以外，很少有像你一樣，見到本元帥，卻一點也不害怕的傢伙。」

「我何德何能跟摩羅大王相提並論啊……」黑姬笑著說：「其實你明明知道，現在的我，又不是『親眼』見到中壇元帥你，我只是透過白尾的徒弟的眼睛看你而已，當然不害怕。」

「這麼說也沒錯。」太子爺頓了頓，又說：「你現在這態度，是不是代表魘魔一家已經做好準備，向本元帥宣戰了？」

「我知道摩羅大王死後……」黑姬說：「天上中壇元帥一定覺得無聊透頂，我也這麼覺得，所以努力讓陰間變得有趣一點。」

「原來如此啊。」太子爺哼哼一笑，又說：「你們這方法挺聰明，煽動小勢力煉藥，讓人藥在陰間流來轉去，再找合適機會，狩獵那些傻傻吃下人藥的『肥羊』，穩定增長道行，大部分過程都不用自己動手，比專程從陽世弄材料下陰間、找地方開工廠煉藥，要省事多了。」

「是啊。」黑姬說：「但這門檻其實不低，除了資金以外，也得擁有能夠輕易拿下『肥羊』的道行，才有資格這麼玩。」

「最後一個問題。」太子爺問：「陰間像你這樣玩的傢伙，還有多少？」

「這我也不知道，但肯定不只我一個。」黑姬笑著說：「否則這麼多肥羊全進我肚子裡，那我也用不著隔著假身和中壇元帥你說話了。」

「也是。」太子爺附著韓杰緩緩起身，盯著眼前不再抽搐的白尾。「韓杰，你聽到魘魔一家繼任者說的話了，看來接下來，我們有得忙了。」

「是啊。」韓杰應答。

白尾搖搖晃晃站起身，手腳姿態依然扭曲怪異，一雙眼珠子也仍胡亂轉動，他皺眉瞇眼、頭腦袋前伸，像是想努力看清韓杰模樣。「你到底是誰？為何……非要找我麻煩？」

「剛剛你都沒聽我們說話啊？現在還不知道我是誰？」太子爺聳聳肩。「我懶得解釋了，你就當我無聊找人玩玩吧。」

「小伙子，你會後悔呀……」白尾這麼說，彎身嘶吼，後背炸出一柱柱魔氣，凝聚成數十條五花八門的觸手，四面八方扒向韓杰。

混天綾閃電般在韓杰週身繞轉，轉眼將十餘隻觸手捆得動彈不得，然後倏地燃起大火，將魔氣觸手燒成飛灰。

「唔……」白尾後退幾步，微微露出怯意，像是察覺對方並不好惹，但他還沒來得及想出迎戰對策，韓杰身子微微一傾，腳下金光閃耀，轉眼竄到白尾面前，左手舉起乾坤圈噹地敲在白尾額頭上。

白尾立時摀著額頭，坐倒在地。

「我有敲那麼大力嗎？」太子爺笑說：「你應該還有其他把戲吧，快讓我見識一下，我準備退駕了。」

「其他……把戲？」白尾坐在地上，瞪大眼睛喘著氣，喃喃說：「對……對……我還有最厲害的把戲……還沒使出來。」

「是混沌，對吧。」太子爺說：「讓我見識一下吧，吞下一整箱人藥的混沌術士，是什麼樣子……」

太子爺還沒說完，四周大廟壁面、地板突然快速變形，白尾也從他眼前消失。前方神壇忽而變大、忽而縮小、忽而變成兩張、再變成四張，堆堆疊疊，成了一頭巨獸，噴著青綠鬼火，向韓杰撲來。

太子爺附著韓杰一跺地，竄上半空，挺槍一刺，將神壇巨獸刺得炸裂碎散。

此時這陰森大廟四面八方都扭曲變形，像是科幻電影裡空間錯亂般，空間像是增長了百倍，裡頭有無數的樓梯、無數的房門，和層層疊疊的奇異隔間。

白尾的聲音在這奇異而遼闊的混沌空間裡迴盪起來：「小伙子，就算你力大無窮，找不到我，便打不著我，看我活活把你餓死，哈哈哈哈，夢妹妹，我厲不厲害？嗯？夢妹妹，妳上哪兒去啦？」

「尾尾，誰說我找不到你呀？」太子爺一聲冷笑，右手倒持火尖槍，左手拋玩著乾坤圈，往前抬腳，令掛在小腿側面的風火輪向前滾出，然後踩上。

此時韓杰雙腳虛踩在風火輪上，風火輪又微微浮空，太子爺繼續抬腳往上，韓杰像是走樓梯般走上半空，左右張望半晌，望定了一個方向，雙眼閃閃發亮，嘿嘿一笑。

「噫！」白尾吃驚的叫聲迴盪響起。

下一刻，韓杰的身子倏地朝那方向飛竄而去，身形忽上忽下，避開幾張不知哪兒打來的神壇；甩動混天綾，鞭散一群竄來的魔氣小狐；挺起火尖槍，刺碎一具巨大狐狸石像之後，舉起乾坤圈砸爛一扇門的門把，一腳踹開門，走進去，盯著縮在房間角落發抖的白尾，笑說：「找到你了。」

「為……為什麼？」白尾像是無法理解為何韓杰能在堆疊著無數房間的巨大混沌空間裡，這麼快找著他。

因為他身上直到此時，都還沾著大量金藕小蠅。

「就算我作弊好了，總之我找到你了。」太子爺笑著說，扛著火尖槍走向白尾。

白尾怪叫一聲再次蓄力想要變化混沌空間，但韓杰已來到他面前，倒持火尖槍再次插過他腳背，將他釘在地板上——他腳背挨槍處，和先前韓杰釘他的位置一模一樣。

噹、噹噹噹——太子爺持著乾坤圈，連續敲了白尾腦袋好幾下，白尾終於像是洩了氣的皮球般，坐地求饒，喃喃唸著：「我不敢了……不敢了……我想起來了，天上拿火尖槍、混天綾、乾坤圈的神明，就只有一個，您……您是中壇元帥呀！我……我怎麼這麼不知好歹，敢跟中壇元帥作對啊……」

「嗯？你被我敲醒啦？」太子爺見白尾被他敲了幾下，眼珠子也不轉了，笑著問他：「你應該很清楚，你涉足這人藥案子事關重大，剛剛上頭傳話給我，想知道你和魘魔一家究竟牽扯到什麼程度，要我將你帶回天庭問話，現在我要洩去你身上魔氣，你沒意見吧？尾尾。」

「……」白尾當然有意見，但此時他明白自己處境，只好搖搖頭，表示沒意見。

太子爺掐開白尾嘴巴，往他嘴裡塞了一道金符，這才拔起火尖槍、撤了混天綾。

「嘔——」白尾捧腹嘔吐起來，吐出一股又一股的濃稠漿汁，眼耳口鼻也不停溢出濃濃魔氣。

混沌空間轟隆隆震動起來，恢復成原本陰森大廟模樣。

黑姬伏在地上，掙扎起身，像是已經恢復了神智，剛剛那附著她的那股力量，已經消失無蹤。

白尾仍持續吐了數分鐘，將一整箱人藥產生的魔力全嘔了出來。

神壇旁地板亮起一片雪白光芒，站出一隊身穿白色西裝的傢伙，他們是天庭特派天差，收到太子爺通知，專程下來帶白尾回天庭問話。

白尾徒弟之一的黑姬，自然也逃不了，連同剛剛那黑袍三鬼，全被天差上銬帶回。

「韓大哥、太子爺。」

「我們來了……」

韓杰轉身望向廟門，只見姜洛熙和倪飛就站在門外，愣愣瞧著裡頭。

剛剛姜倪二人先後來到大廟正殿外，卻沒見到韓杰，兩人分頭找了其他地方，突然感到正殿氣息有異，這才趕來會合，見到太子爺降駕在韓杰身上，吩咐天差事情，便也不敢打擾，直到天差離去，這才開口喊人。

拾柒

一週後的深夜，韓杰、姜洛熙、倪飛及陽世支援小組眾人，加上張曉武和顏芯愛，在陽世仙村白色公寓樓頂，舉辦了烤肉聚會，兼開最後一次仙村事件會議。

此時陽世仙村村民們，已全數下山返家。

在白尾和黑姬被天差帶上天庭的隔天夜裡，天庭醫官便從黑姬供出的迷藥成分裡，研製出相應的醒腦符，太子爺特地請小歸調來陽世支援小組和一支保全小隊，外加陰牌三鬼和義工陌青，數十隻鬼浩浩蕩蕩趁每一位仙村村民入睡後，將醒腦符貼上他們腦袋。

翌日，迷藥效力消散的村民們，紛紛察覺自己竟身處此地、頂著個蠢身分、幹這些蠢事而騷動起來，當時就有近半村民離去。

接著，警方大張旗鼓搜山抓人——由於這件案子牽扯到數百村民，太子爺特地令韓杰親自登門拜訪了警界高層劉長官，向他簡單講述此事，請他提供必要支援——首先是請警方調查八寶仙姑和逵伯銀行戶頭和名下房產中，有無村民貢獻財產，結果當然是有。

警方正式通緝失蹤多日的八寶仙姑和逵伯，但其實只是做做樣子。因為太子爺先廢去了兩人一身邪術，再令他們拍攝影片供出自身罪刑，卻不是為了將他們送進大牢，而是做戲給少部分仍對八寶仙姑深信不疑、死心塌地的村民們看。

考慮到兩人演技或許不夠逼真，太子爺特地向天庭討來幾張催眠符，找來韓杰、姜洛熙、倪飛等集思廣益設計劇情，藉由催眠符，讓八寶仙姑和逵伯暫日忘記某些事情，再編織劇情讓他們在催眠幻境裡，因村民供奉金錢分配問題產生激烈爭執，兩人互相指責對方佔了便宜，最後甚至大打出手。

這段爭執過程被錄製成監視畫面，由警方發布。

最後，即便極少數村民執意守在仙村等八寶仙姑歸來，也沒有用，因為仙村裡大多數房屋都是違建，不屬於私人財產，且涉及多件失蹤、施暴、甚至是凶殺案件，因此整個仙村都被警方列為犯罪現場，動員警力強行封鎖，將最後十餘名連天庭醒腦符也救不了的村民全趕下山去。

數天後，八寶仙姑和逵伯先後被人發現睡倒在路邊，送醫檢查身體並無大礙，明明腦部並未受損，但陷入深度昏迷。

這是因為他們從當年同謀害死師父那時開始，至今多年來，靠著陰邪法術謀取私利不說，還害死多人，在仙村稱王這兩年，因為不信仙姑遭到逵伯指使仙村糾察隊施暴、囚禁、甚至放血殺害的受害人，多達二位數。

因此兩人魂魄被太子爺令天差直接拘上天庭，暫放在一只小盒裡，沉沉睡著，直至他們陽世肉身被正式宣告死亡後，太子爺便讓天差帶著二人魂魄，下去交予陰差，讓二人正式接受審判，打入十八層地獄，由刀山和油鍋來教化那兩隻罪魂。

仙村其他村民犯下的罪行，由於是受了黑姬迷藥影響，是非曲直已難釐清，只能交由警方證據到哪辦到哪。

至於那阿舜，由於協助倪飛有功，且沒犯下嚴重大罪，因此被倪飛帶走偷偷放了，後續有無碰上陰差，就不得而知了。

最後是那倒楣的建築師，在仙村大戰閉幕清晨時分的睡夢中，連同兩個孩子，被倪飛找來陽世支援小組悄悄帶離混沌，送去醫院，等待妻子下山。他試著向警察打聽昨晚救他那人身分，自然沒有得到答案。

「你們那晚在廟裡待這麼久，就是在討論魘魔一家？」注射擬人針的顏芯愛，穿著便服，扠著一塊烤肉，盯著韓杰等。

「是啊。」韓杰點點頭，反問：「你們覺得呢？」

「魘魔喔……」張曉武聳聳肩。「我不熟耶，老子當陰差這麼久，好像從來沒辦過他們的案子。」他說到這裡，轉頭望著顏芯愛，問：「我們城隍府有辦過魘魔的案子嗎？」

顏芯愛想了想，也搖搖頭。「之後再問問俊毅，總之我是完全沒印象有辦過跟他們有關的案子。」

祭仙夜當晚，太子爺降伏白尾之後，找來姜洛熙和倪飛，先討論太子爺與白尾對峙時產生的疑惑——既然那「夢妹妹」能夠隔空遙控黑袍三鬼說話行事，且能瞬間控制後續進來攪局的黑姬，那麼為何多此一舉以迷術控制白尾，而不是直接隔空控制他呢？

韓杰說可能與個人體質有關，有的人難以遙控、有的人難以迷惑。

倪飛則以阿舜假身舉例，身中迷術的白尾，僅需對他簡單下令，他就會全力以赴，自己完成任務，但如果要遙控白尾做事，那便得長時間操控他一舉一動、一言一行，工作量高出前者千倍不止。

姜洛熙同意倪飛的舉例，還補充說藏鏡人即便能夠遙控白尾，卻未必懂得白尾會的法術，例如混沌，因此讓白尾心甘情願地替藏鏡人工作，是最有效率的方式。

太子爺點點頭，說三個人說的都有可能，但倪飛跟姜洛熙的解釋，又更加有可能一點。

接著，韓杰向太子爺詢問魘魔一家來歷，太子爺說自己也不清楚，只知道魘魔一家裡分為兩大派系，分別是人魂一派和狐精一派，兩派勢力過去雖然壁壘分明，但從未起過爭執，因為他們都聽老魘魔的話。至於那老魘魔，太子爺也沒見過真面目，畢竟魘魔一家過往行事低調、沒犯過什麼大錯，自然不會有與太子爺碰面交手的機會。

至於如今魘魔一家內部勢力變化，那更不為人知。

天庭醫官使用了特殊法術，「調閱」了黑袍三鬼的記憶，原來那三鬼只是陰間普通遊魂，三鬼那晚之前的記憶，全都和此案無關，是他們平時在陰間遊蕩的經歷，直到陽世入夜時分，三鬼在某個時間點，像是中邪一樣，說著同樣的台詞，轉過身，從腳邊撿起黑袍、換上，然後從三個不同的地方，趕赴大廟，入廟之後的過程，便是韓杰所見過程。

「哇！」顏芯愛聽到這裡，有不可思議。「所以那些傢伙偷偷摸摸，從背後抓孤魂野鬼來操控，代替他們去見白尾？」

「那白尾呢？他應該也被抽記憶了吧。」張曉武問：「就算他中了迷魂術，他的夢中情人長什麼樣子？」

韓杰像是早料到眾人會有此一問，笑說：「是個美女，而且也有狐狸耳朵跟尾巴。」

韓杰說到這裡，取出一幅畫，是天庭醫官找來南天門裡擅長繪畫的同仁，親眼看過白尾記憶之後，畫成的畫像。

畫中那「夢妹妹」，確實嫵媚動人，一雙眼睛彷彿能夠攝人魂魄。

「所以……」大夥兒輪流接過夢妹妹的畫像細看，顏芯愛問：「畫裡這個女人，就是當晚在廟裡叫白尾吃藥的那個藏鏡人？」

「這點還不確定。」韓杰這麼說：「但我們都覺得應該不是……」

「也對喔。」顏芯愛點點頭，思索幾秒，說：「那個藏鏡人，連找路邊的孤魂野鬼，都要偷偷摸摸從背後動手，不太可能用自己真實樣子，去迷惑白尾。」

「我突然想起一件事。」姜洛熙這麼說：「太子爺說，魘魔一家分為狐精派跟人魂派，畫像裡的女人長著狐狸耳朵……白尾中了她的迷術，但她不是廟裡的藏鏡人。」

「哦！」倪飛啊呀一聲，望著姜洛熙。「你是說，『迷術』跟『遙控』，是魘魔一家裡不同流派專精的法術，藏鏡人是人魂派，所以用遙控？」

「我是剛剛想到的。」姜洛熙說：「但也是一種可能就是了。」

「嘖……」韓杰這麼說：「太子爺要我提醒大家，魘魔一家涉入人藥案子，肯定是最麻煩的組合之一，大家以後有的忙了。」

「最麻煩的組合？為什麼？」王小明站在一旁吃著烤肉。

「因為……」韓杰向王小明招招手，示意他過來，從他褲口袋裡，捏出剛剛那夢妹妹的畫像，望了他一眼，對他說：「這是天庭機密檔案，不能帶走，看完要燒掉。」他這麼說時，對著畫像施咒虛畫幾指，畫像登時燃起金火，化為灰燼。

跟著韓杰向王小明揚揚手，示意沒他的事了。王小明走回烤肉架前，見眾人都看著自己，便說：「幹嘛，我以為最後一個看畫的人，可以把畫帶回去嘛……你們該不會以為我是變態吧？」

韓杰沒有理會王小明，繼續說：「魘魔一家這迷惑心靈、遙控人鬼行動的能力，用來做這金主和獵人的工作，再適合不過了；加上人藥本身也有侵蝕人鬼心智的作用，兩者結合，他們最後會造出什麼樣的怪物，完全無法想像。太子爺說現在天庭已經成立了好幾個專案部門，弄到好幾批人藥樣本，開始研究反制對策，上頭擔心又像之前的『天狗』那樣，被突然蹦出來的新東西殺個措手不及。」

眾人聽韓杰這麼說，都若有所思——連天庭諸神也難以想像的怪物，究竟會是什麼樣的怪物？

「最後……」韓杰望向姜洛熙和倪飛，停頓半晌，才說：「太子爺還要我提醒你們兩個，魘魔一家和人藥，可能也是你們最棘手的對手。」

「……」姜洛熙只是點點頭，沒有接話，但他神情像是早已想到這一點。

倪飛臉上表情，則明顯表現出對韓杰這說法的反感，他說：「幹嘛，天庭神明擔心我會偷吃人藥嗎？」

「不是擔心你偷吃，是擔心你被強餵。」韓杰指著倪飛胳臂上的紗布，說：「如果松弟那時拿的不是刀，而是裝著人藥的針筒，你躲得掉嗎？」

「唔……」倪飛被韓杰這麼反問，登時說不出話。

他確實躲不掉。

且不只是躲不掉「強餵」，倘若對方找機會將人藥摻在食物飲水裡，讓目標不知不覺吃下肚，也並不難——但這裡所有人都有面臨這件事的風險，為何太子爺只提醒他和姜洛熙？

倪飛望了姜洛熙一眼，發現姜洛熙也看著他，姜洛熙雖沒表示什麼，但顯然也明白太子爺特別提醒他倆這件事的原因——一般陽世活人、孤魂野鬼，吃下一瓶兩瓶人藥，也無法造成太大傷害，但他是千年一遇的極陰之身，要是受了人藥影響，後果無法想像。

「我懂了，天上神明擔心……」倪飛像是洩了氣的皮球，懶洋洋地問：「我會變成那個連神明也無法想像的怪物？」

「你這小子……」韓杰皺了皺眉，上前用拳頭輕敲了敲倪飛腦袋，說：「別老是擺出一副大家都歧視你的樣子。」

「那不然呢？」倪飛哼哼說：「我到底該怎麼做，才能讓大家放心？」

「努力變強。」韓杰這麼說：「你夠強的話，對方就算想強灌你吃藥，也沒那麼容易——所以天庭現在認真考慮，要不要提前賜你們蓮藕身。」

「變強。」倪飛無奈說：「說的簡單喔，我又不像韓大哥你有……」

「等等……」他陡然閉嘴，瞪大眼睛望著韓杰，驚叫：「韓大哥你剛剛說……天庭決定賜給我們蓮藕身？」

「操！」韓杰又敲了倪飛腦袋一下，說：「你耳朵怎麼聽的？我是說『認真考慮要不要提前賜你們蓮藕身』，最後結果如何，等上頭慢慢開會吧……」

「哇——」倪飛眼睛閃閃發亮，剛剛那些負面情緒立時拋諸腦後，他見姜洛熙仍沒什麼反應，便對他說：「喂，這時候你要表現出很開心的樣子，這才是正常的反應。」

「……」姜洛熙想了想，點點頭，笑著說：「對，我很開心。」

「喂！」顏芯愛突然揚起手機，指著螢幕尖叫：「『獵人』現身了！俊毅要我們立刻出發。」

目標位置正是黑狗堂據點，那棟立體停車場。

小文、鳳仔、羅漢也同時飛來，纏著韓杰等人討要紙張燒籤，鳳仔一面叼著餐巾紙，一面含糊不清地說：「太子爺……說……獵人……出來了……要我們……要我們……」

眾人快速下樓，韓杰、倪飛、張曉武和顏芯愛都通過鬼門下陰間，但姜洛熙的機車還停在仙村封鎖線外，只能獨自從陽世騎車趕去。

「洛熙、洛熙，你怎麼不看籤令？你沒看籤令就知道要去哪裡嗎？」

「知道啊。」

「呀？為什麼洛熙知道？」

「因為我們家鳳仔太盡責了，還沒燒好籤，就已經把內容講出來了。」

「沒錯，鳳仔最盡責了！」

《鬼山孤村裡的祭仙夜》完

後記

《乩身》系列雖然每一本書都是一個獨立的故事，但也能串連成一部完整的大長篇故事。

而寫作大長篇故事，就像是踏上一場漫長的冒險，路途中不時冒出許多在規劃路線時不曾想過的新挑戰。走來跌跌撞撞、甚至是滾帶爬。就像我寫作這本《鬼山孤村裡的祭仙夜》時，本來信心滿滿的交稿日期，硬是因為新冠確診而延後近四十天，咳嗽咳到腦袋一片空白，一個多月來累積生成的痰液和鼻涕足夠讓老狐狸尾尾泡澡了。然而這也正是職業寫作會碰到的狀況。

不過這次乩身第二部的冒險，令我自己也有些出乎意料的地方，是我竟然在寫作這本《鬼山孤村裡的祭仙夜》的途中，就已經將後續故事的主架構都大致構思完成了，這是我過去幾次漫長冒險裡不曾發生過的事。

至於這個主架構的概念、由來，我會留到整篇故事快要結束時再來聊聊，現在講就破哏了。

總之呢……就是終於要交稿啦！
交稿萬歲！耶！

2024/1/8 於桃園龜山
星子

金漫獎漫畫家 Barz × 鬼才作家星子 ——
《乩身：踏火伏魔的罪人》改編漫畫，強勢襲來！

「群邪作祟，火尖槍降臨！
漫畫版乩身同樣精彩萬分！」—— 星子

國家圖書館出版品預行編目資料

乩身. II : 鬼山孤村裡的祭仙夜/星子(teensy)著. --
初版. --臺北市 : 蓋亞文化有限公司, 2024.02
面； 公分. -- (星子故事書房 ; TS038)

ISBN 978-626-384-093-5 (第3冊 : 平裝)

863.57 113001442

星子故事書房 TS038

乩身 II ❸ 鬼山孤村裡的祭仙夜

作　　者 星子
封面插畫 布克
封面裝幀 莊謹銘
責任編輯 盧韻亘
總 編 輯 沈育如
發 行 人 陳常智
出 版 社 蓋亞文化有限公司
地址：台北市103大同區承德路二段75巷35號
電話：02-2558-5438　傳真：02-2558-5439
電子信箱：gaea@gaeabooks.com.tw
投稿信箱：editor@gaeabooks.com.tw
郵撥帳號 19769541　戶名：蓋亞文化有限公司
法律顧問 宇達經貿法律事務所
總 經 銷 聯合發行股份有限公司
地址：新北市新店區寶橋路二三五巷六弄六號二樓
電話：02-2917-8022　傳真：02-2915-6275
港澳地區 一代匯集
地址：九龍旺角塘尾道64號龍駒企業大廈10樓B&D室
電話：+852-2783-8102　傳真：+852-2396-0050
初版一刷 2024年2月
定　　價 新台幣290元
Published and printed in Taiwan

GAEA ISBN / 978-626-384-093-5

GAEA

GAEA